蟲與歌

市川春子作品集

市川春子

目錄

裝幀／市川春子

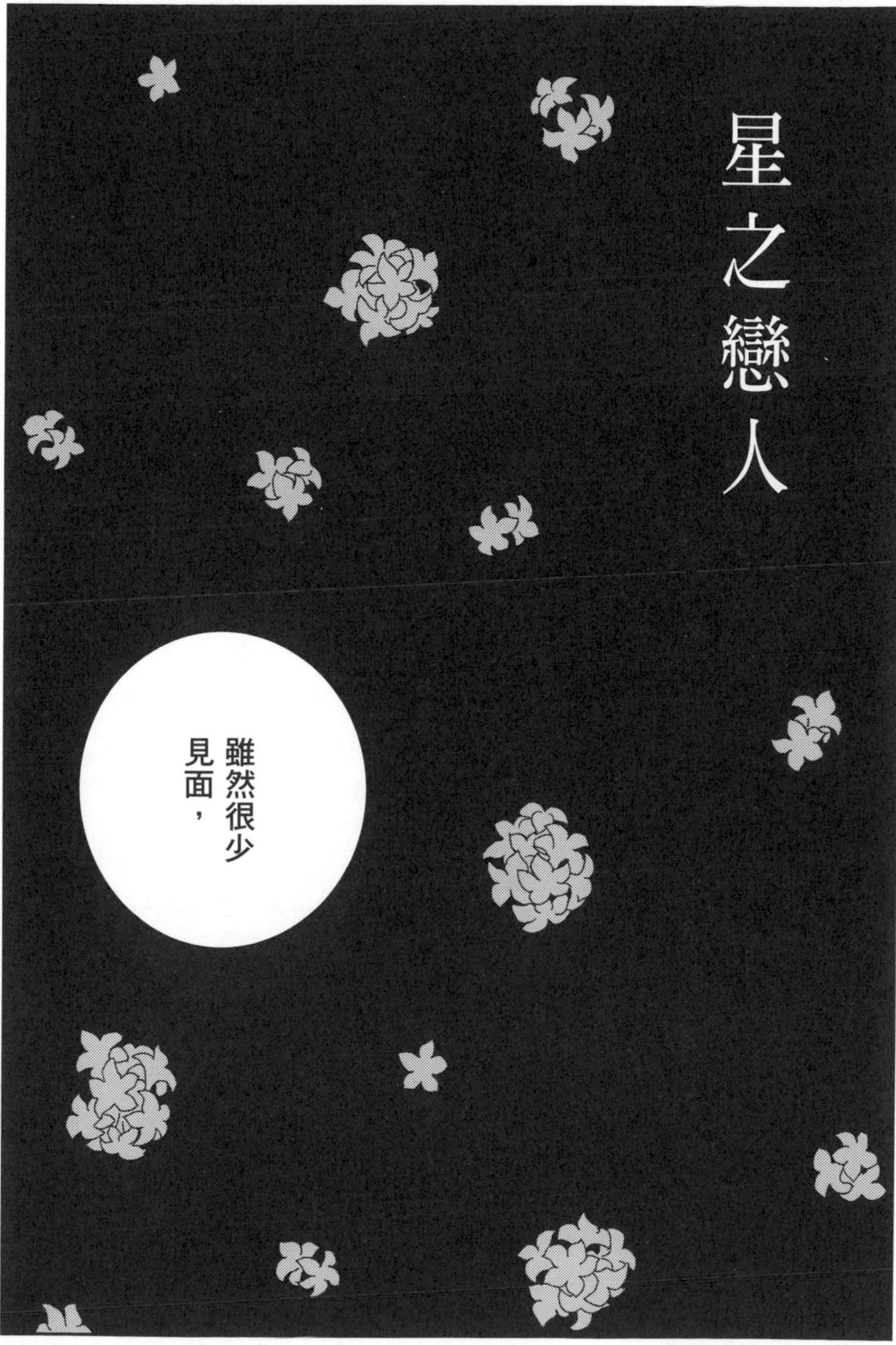
星之戀人
雖然很少見面，

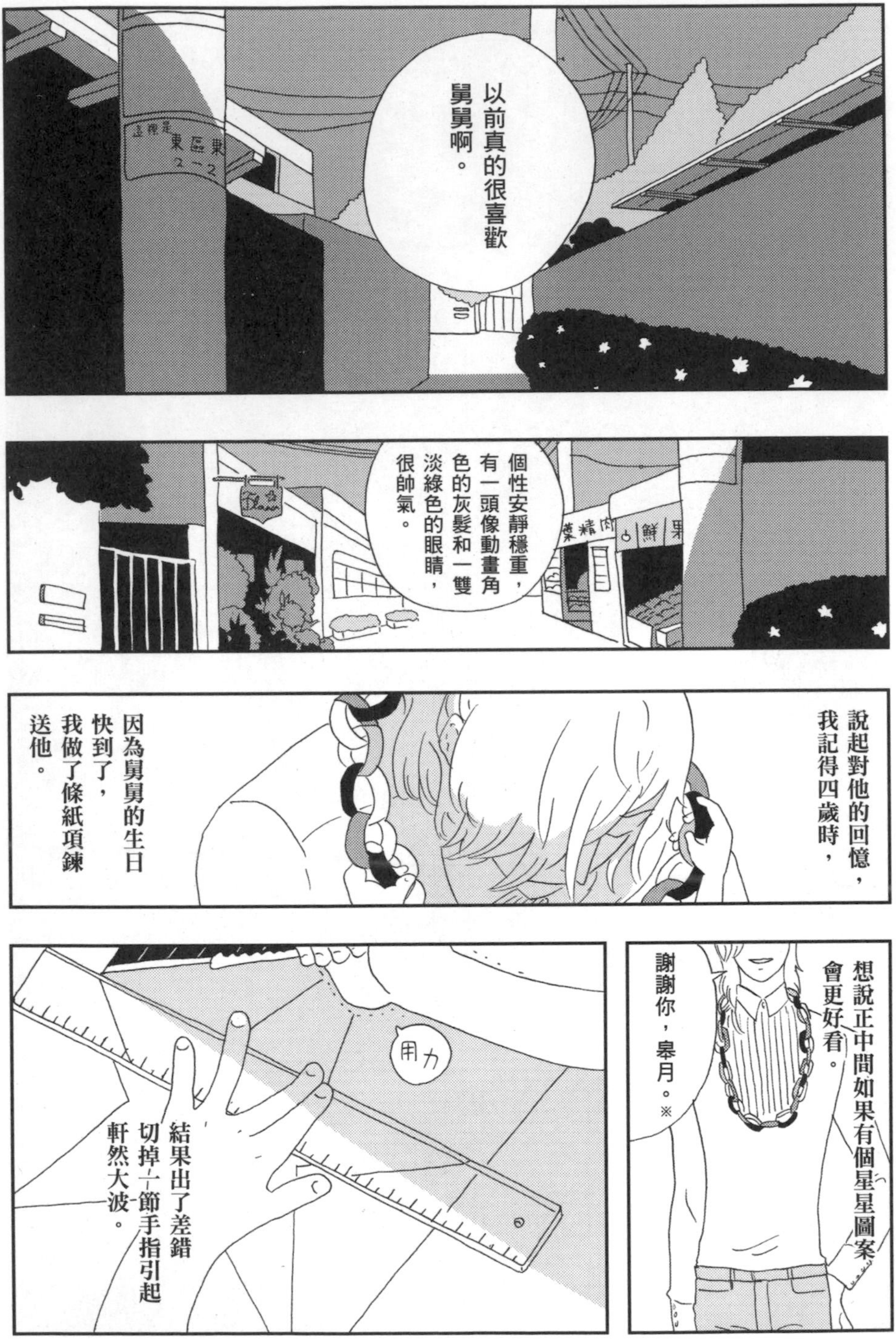
以前真的很喜歡舅舅啊。
個性安靜穩重，有一頭像動畫角色的灰髮和一雙淡綠色的眼睛，很帥氣。
說起對他的回憶，我記得四歲時，
因為舅舅的生日快到了，我做了條紙項鍊送他。
想說正中間如果有個星星圖案會更好看。
謝謝你，皐月。※
用力
結果出了差錯切掉一節手指引起軒然大波。

※譯註：原文為さつき，日文花名，為杜鵑花屬的一種。

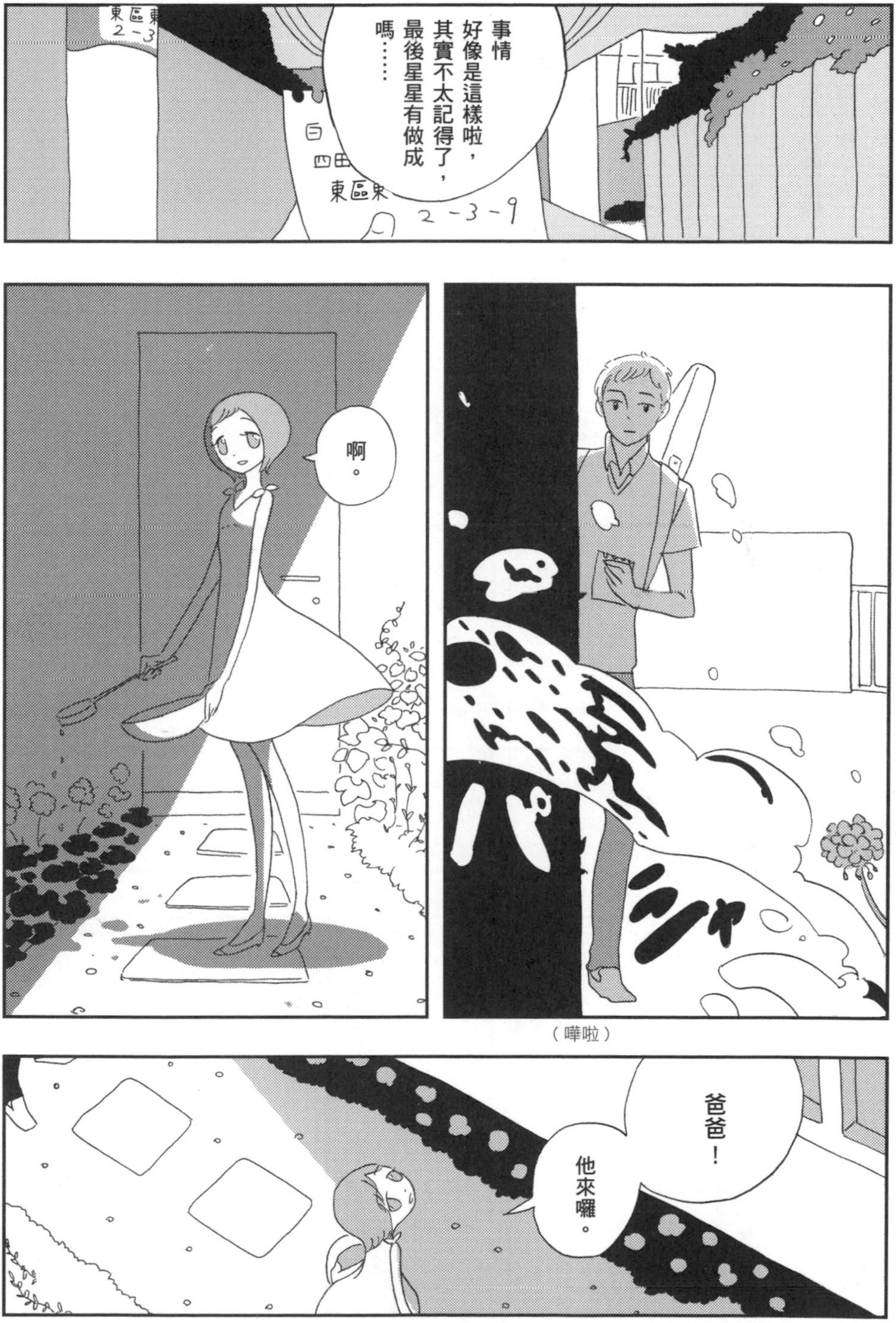

東區東
2-3
事情好像是這樣啦，其實不太記得了，最後星星有做成嗎……
四田
東區東
2-3-9
啊。
パシャ
（嘩啦）
爸爸！
他來囉。

好久不見耶。
哦。
我…
我不知道舅舅有小孩……
也是啦，以前我們在一起時，
我也還很小。
記不太清楚。
不過我立刻就認出你了。
這樣啊～
嗯～
原來如此～
喀嚓
你來啦。
好久不見。
真的好久不見啦，你變得跟你過世的爸爸真像。

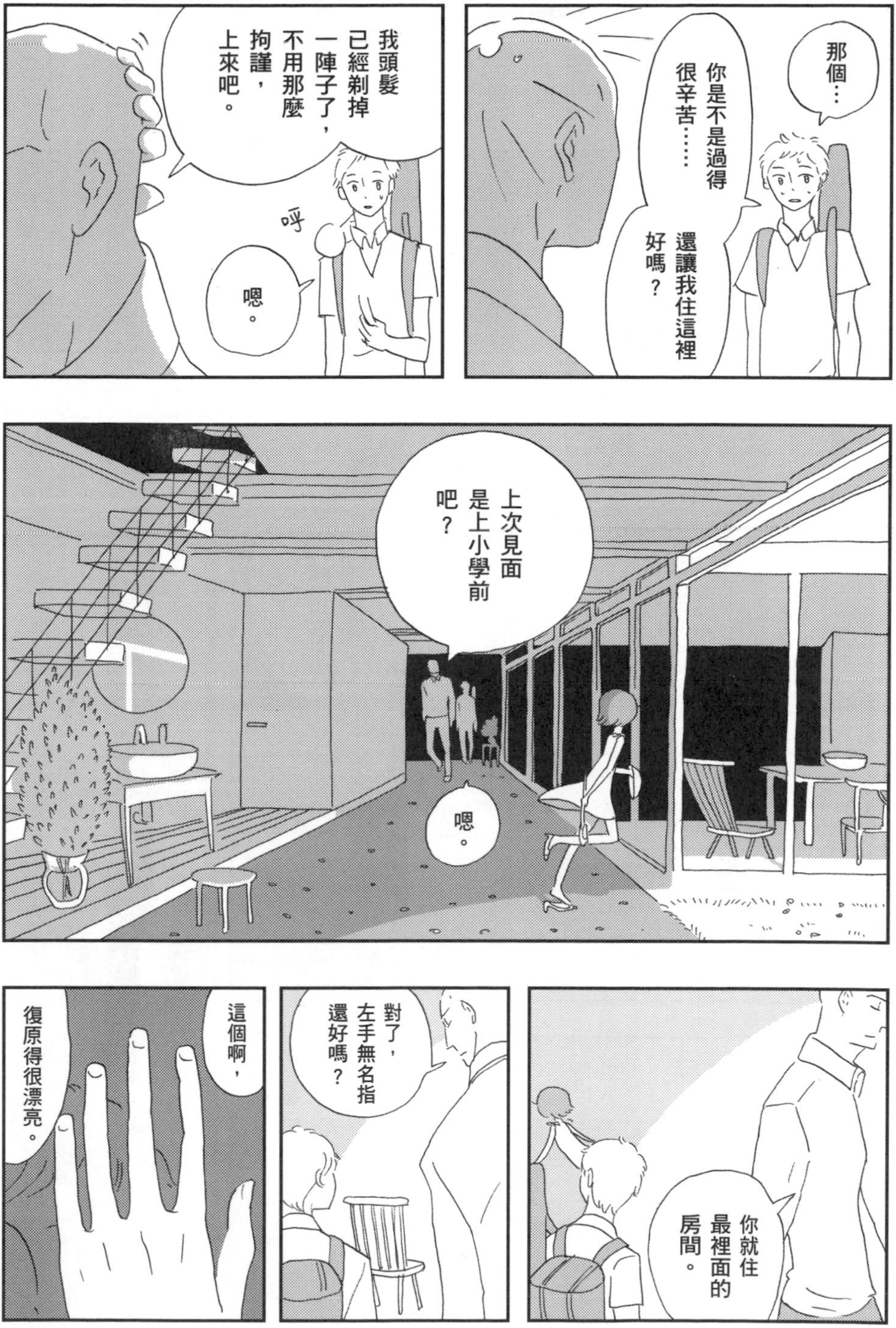
那個……
你是不是過得很辛苦……
還讓我住這裡好嗎？
我頭髮已經剃掉一陣子了，不用那麼拘謹，上來吧。
呼
嗯。
上次見面是上小學前吧？
嗯。
你就住最裡面的房間。
對了，左手無名指還好嗎？
這個啊，
復原得很漂亮。

想不到會突然跑去巴黎兩個月，我姐和你外公還是老樣子過得很隨興。
媽媽她去學服裝版型設計，外公想說就順便去旅遊⋯⋯
好像是這樣。
那雙是你的拖鞋。
讓你住和室真抱歉啊。
不會啦。
我家不大，還是帶你認識一下吧。

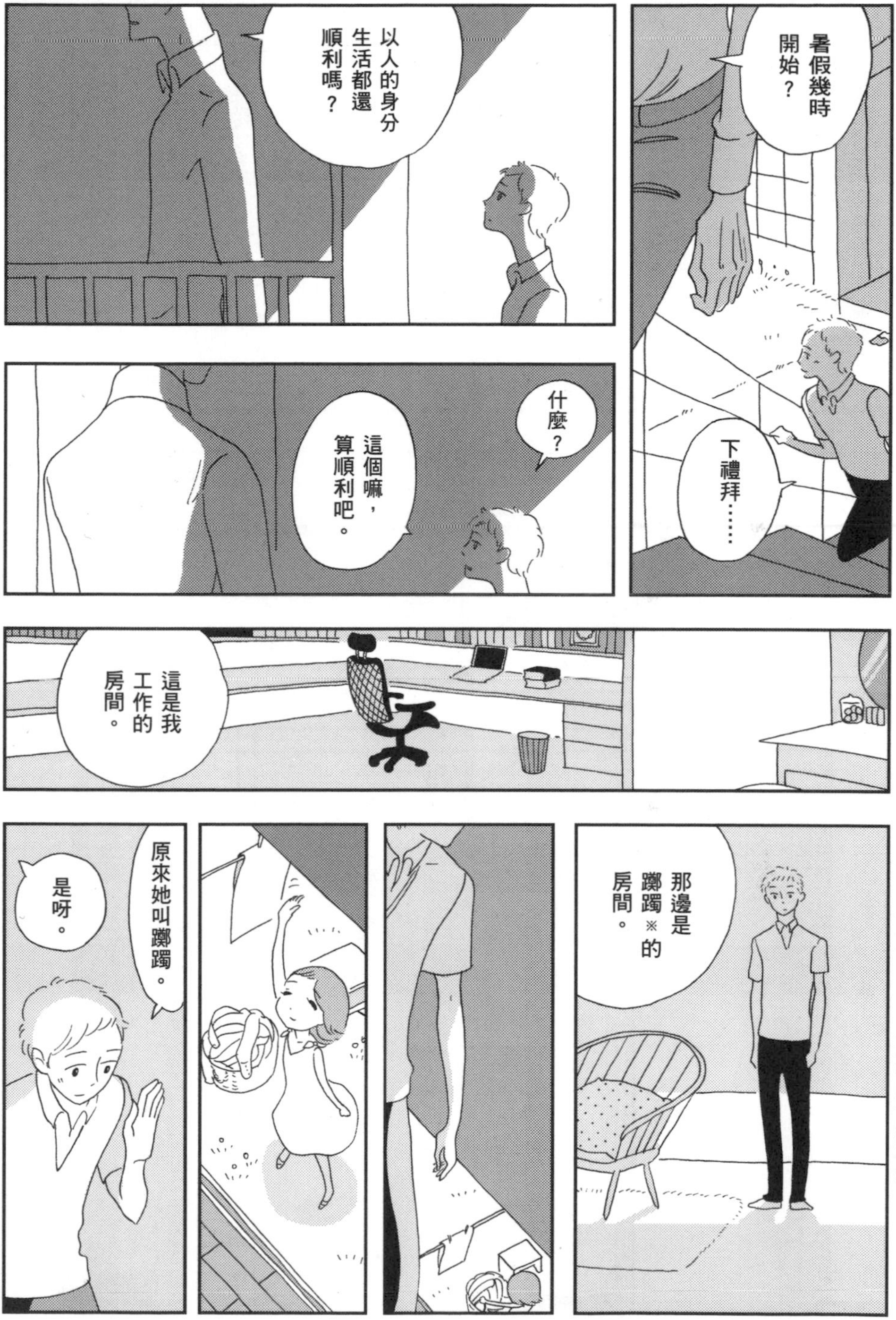
暑假幾時開始？
下禮拜……
以人的身分生活都還順利嗎？
什麼？
這個嘛，算順利吧。
這是我工作的房間。
那邊是躑躅※的房間。
原來她叫躑躅。
是呀。

※譯註：原文為つつじ，亦為杜鵑花屬的一種。

我記得舅舅你的工作和植物有關？
對，我的專業是植物胚胎學。
哇喔！
天啊——
這個你還留著啊？我剛好想起它。
所以我沒能做出星星嘛，原來呀。
手指復原得像長出來一樣，還是想說是不是作夢。
你切下來的手指我把它做成了扦插※。

※譯註：扦插，一種植物繁殖法，剪取植物的根、莖、葉、芽等插入土裡或浸入水中。

今天也精神奕奕地在洗衣服呢。
パョン
（啪）
我想你應該有聽說吧，你爸爸過世的那段時期，我正好在研究一種醫療技術。
如何將植物的細胞全能性，也就是從一部分細胞再生長出所有器官構造與功能的能力應用在人類身上。
因為我有白化症，家人都不太理我，唯有姐夫很溫柔，比其他血親對我還親切，還很照顧我。
總之我會試試看。
姐姐實在很想要個跟過世姐夫之間的小孩，才來拜託我。
製作過程很辛苦。
雖然我成功製造出可以同時當作骨頭和皮膚柔軟的植物細胞壁，

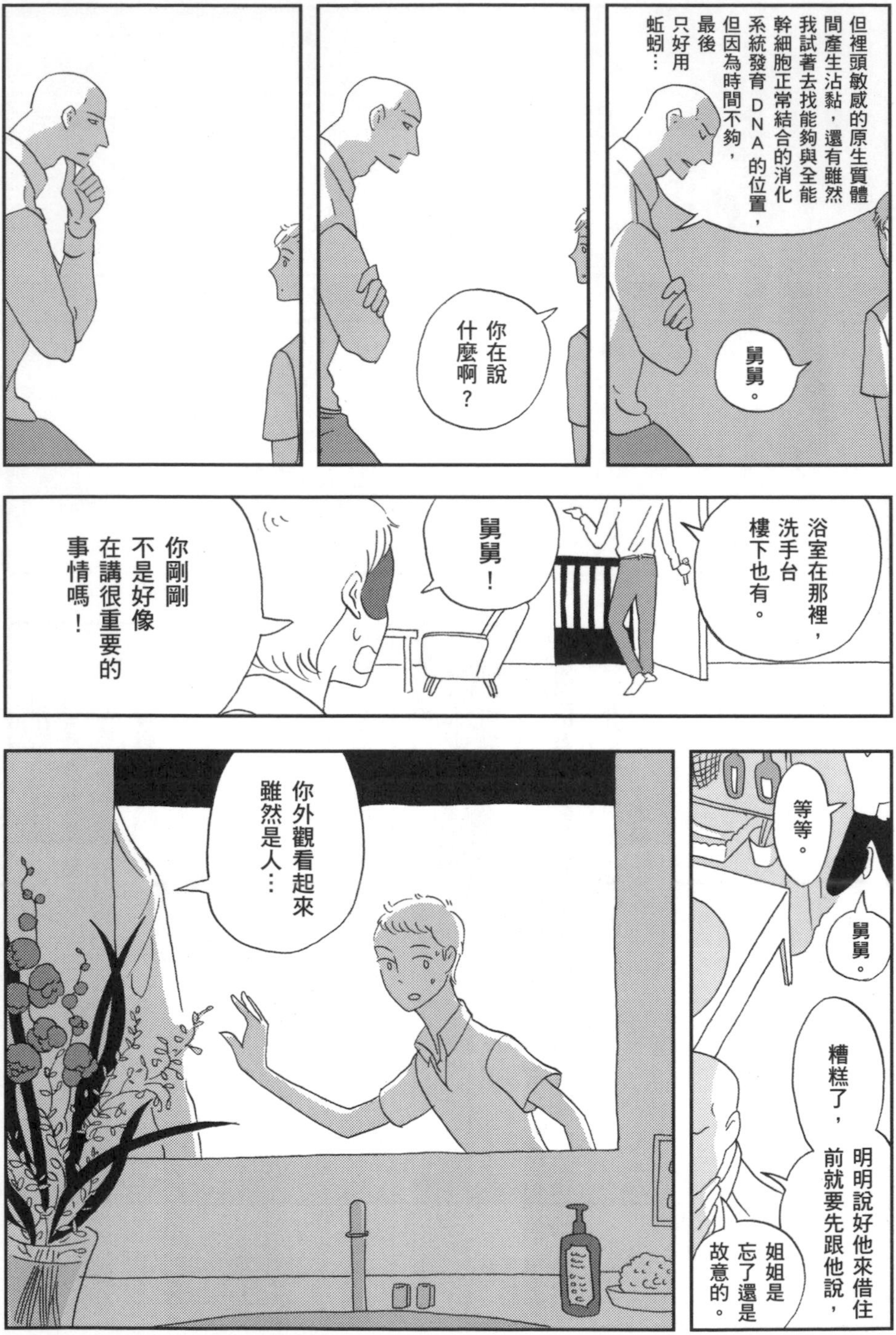
但裡頭敏感的原生質體間產生沾黏，還有雖然我試著去找能夠與全能幹細胞正常結合的消化系統發育DNA的位置，但因為時間不夠，最後只好用蚯蚓…
舅舅。
你在說什麼啊？
浴室在那裡，洗手台樓下也有。
舅舅！
你剛剛不是好像在講很重要的事情嗎！
等等。
舅舅。
糟糕了，
明明說好他來借住前就要先跟他說，
姐姐是忘了還是故意的。
你外觀看起來雖然是人…

臉色鐵青。
股長，你臉色愈來愈蒼白耶，要不要休息一下？
不是比較綠嗎？
什麼？
那就沒事了。
股長怎麼了嗎？
真的沒事嗎？
舅舅。
我回來了。
你回來啦。
搭公車上下課還行吧？
嗯。
比以前多花了一小時就是了。
比起這個，
我一直在想自己是不是曬太久太陽、喝太多水，還有要是突然聽到森林跟我講話控訴環保時該怎麼辦，
忙著擔心東擔心西。
該說你適應能力很強嗎？被教得很會鑽牛角尖呢。

你以為要把植物變成人型那麼容易嗎？
騙人！
其實都是假的啦。
還想說能不能這樣跟你說。
是有點太突然了吧。
對不起啊。
哎，我是還沒全盤相信啦，但我手指都長出來了，還能拉小提琴，沒有什麼困擾我的事情，反而因為這樣很困擾。如果你說的都是假的就立刻告訴我。
是真的是真的。
你回太快了。
不用那麼苦惱啦。
以後也不會怎麼樣喔。
我去不管雜貨店還是花店都沒被他們發現呀。
是這樣啊。

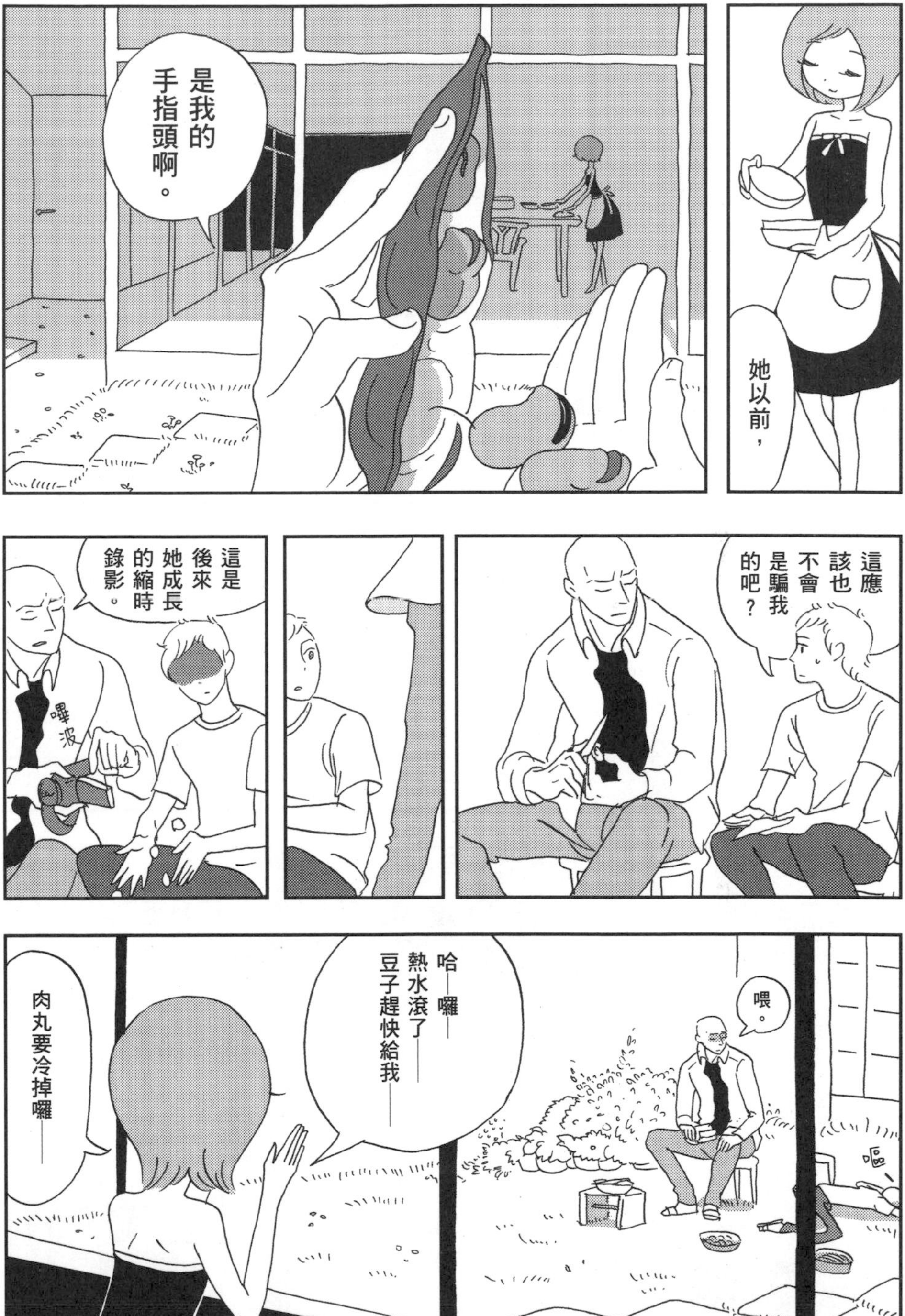
她以前，
是我的手指頭啊。
這應該也不會是騙我的吧？
這是後來她成長的縮時錄影。
嗶波
喂。
哈—囉—熱水滾了——豆子趕快給我——
肉丸要冷掉囉——
嗚

開動。
肉丸…
比暴月你們家早吃晚餐吧？
嗯，稍微，不過沒關係。
喀啦
太有意思了。
開動之後夾配菜的順序一樣。
（機——）
好了啦！是誰不喜歡吃涼掉的白飯啊！
巧合吧。
昨天也是一樣啊，八釐米的底片還有剩——
ジィー
啊。
糟糕，底片曝光了！搞不好會洗不出來。
他老是這樣啊，是個紀錄狂，像小朋友一樣，真是受不了。
哦…真意外…

早安！
放假還那麼早起。
希望爸爸不用去大學時也能以你為榜樣。
來這裡之後都要早起，就變習慣了。
這是好習慣呀。
學校過得開心嗎？
白色的麵包烤一下比較好吃喔。
學校喔，開心啊。
躑躅妳，
本來是我的指頭，卻比我沉穩好多。
跟我一點都不像。
是嗎？

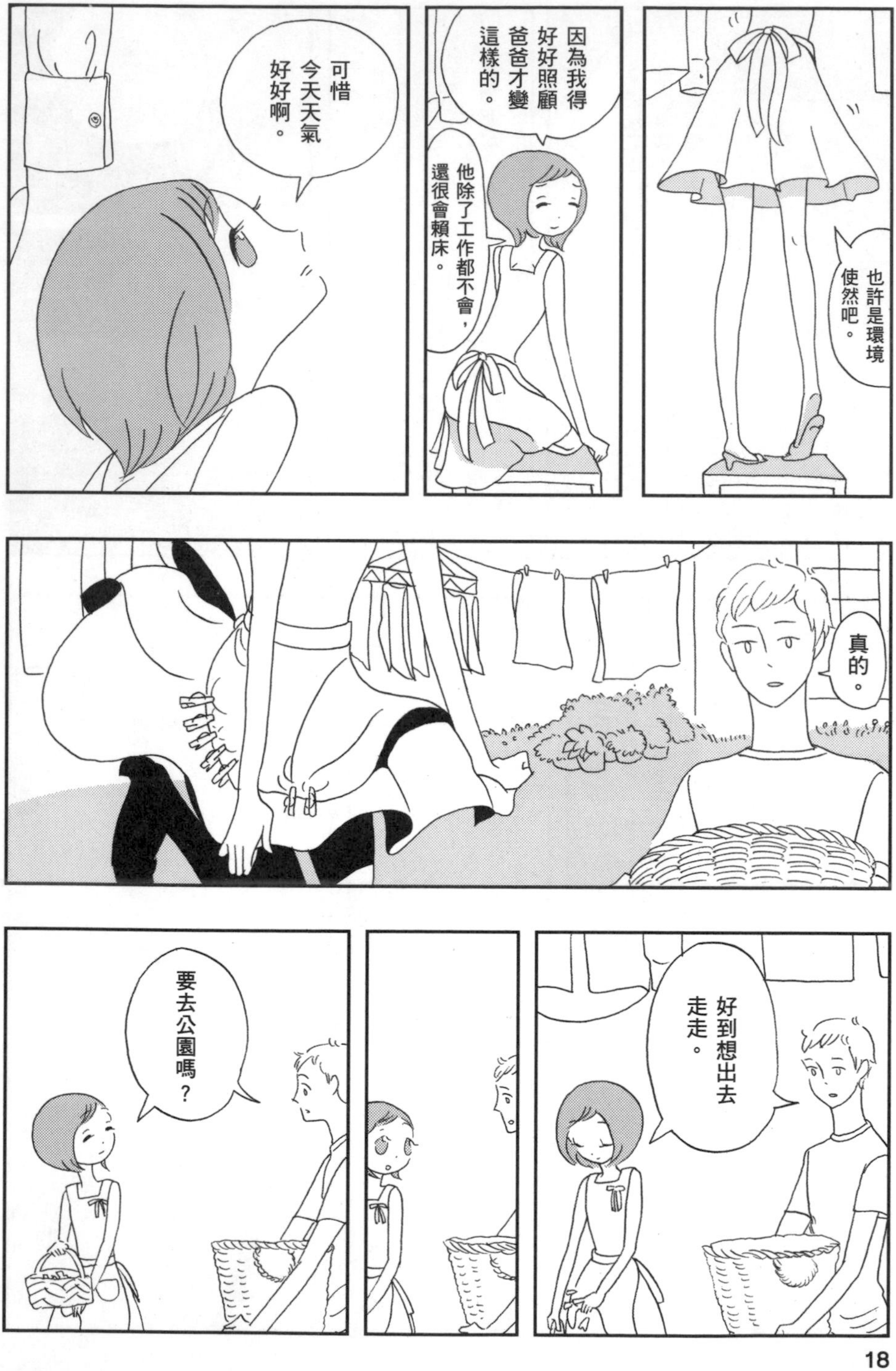
也許是環境使然吧。
因為我得好好照顧爸爸才變這樣的。
他除了工作都不會，還很會賴床。
可惜今天天氣好好啊。
真的。
好到想出去走走。
要去公園嗎？

（打到）
ビシッ
バサ
（啪啦）
轉
轉
轉
（撲上）
ドスン
嗚。
哇——
爸爸我知道你不喜歡曬太陽，可是也來動一動吧！
最近肚子變大了！酒要少喝一點！

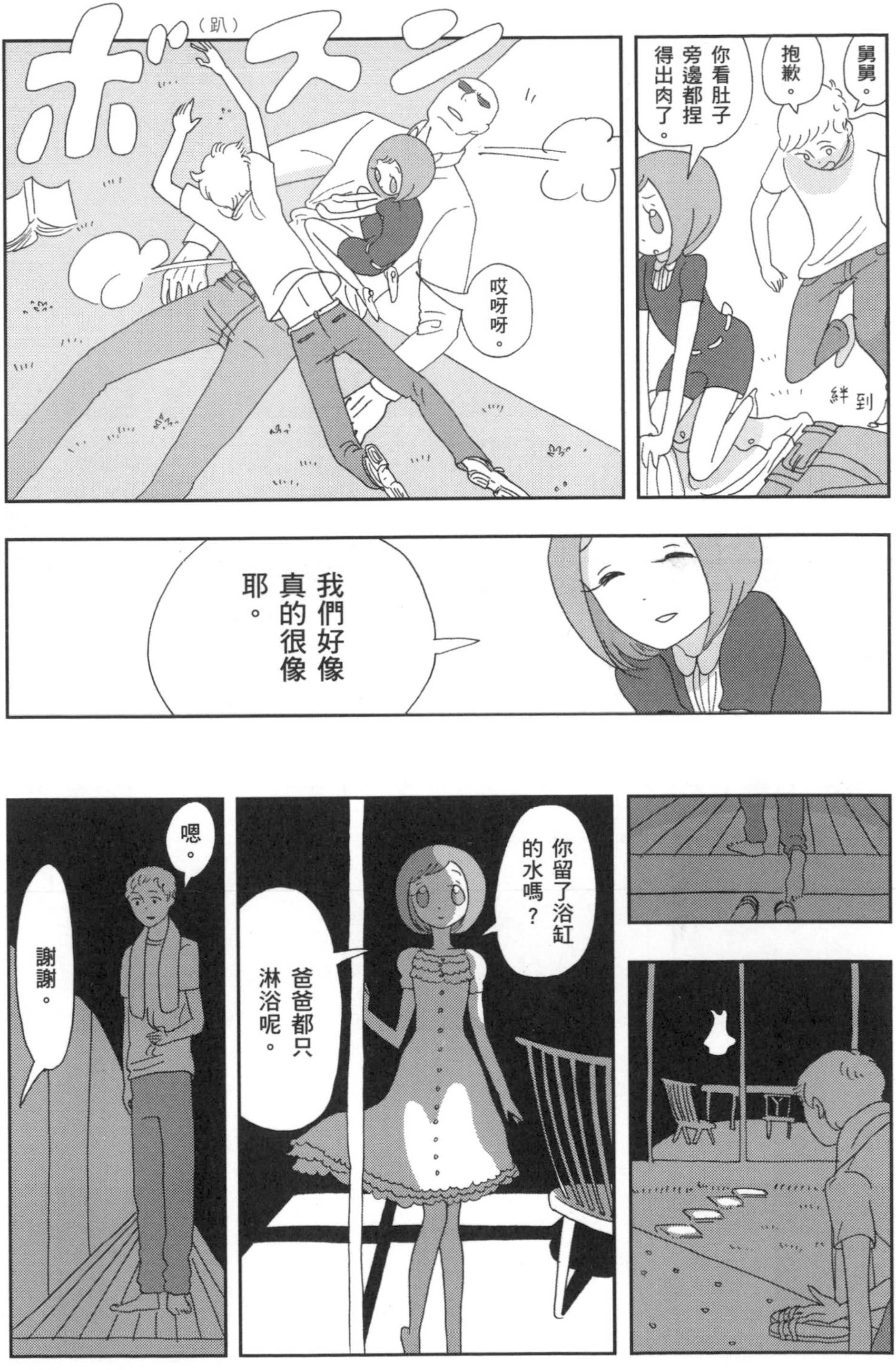

舅舅。
抱歉。
你看肚子旁邊都捏得出肉了。
絆到
ボスン
（趴）
哎呀呀。
我們好像真的很像耶。
你留了浴缸的水嗎？
爸爸都只淋浴呢。
嗯。
謝謝。

今天，
真開心。
嗯。
真是好久沒看到爸爸動得那麼賣力了。
再去別的地方吧。夏季正熱時去哪裡好呢？
海吧。
海嗎？
我也這麼想。
那秋天呢？

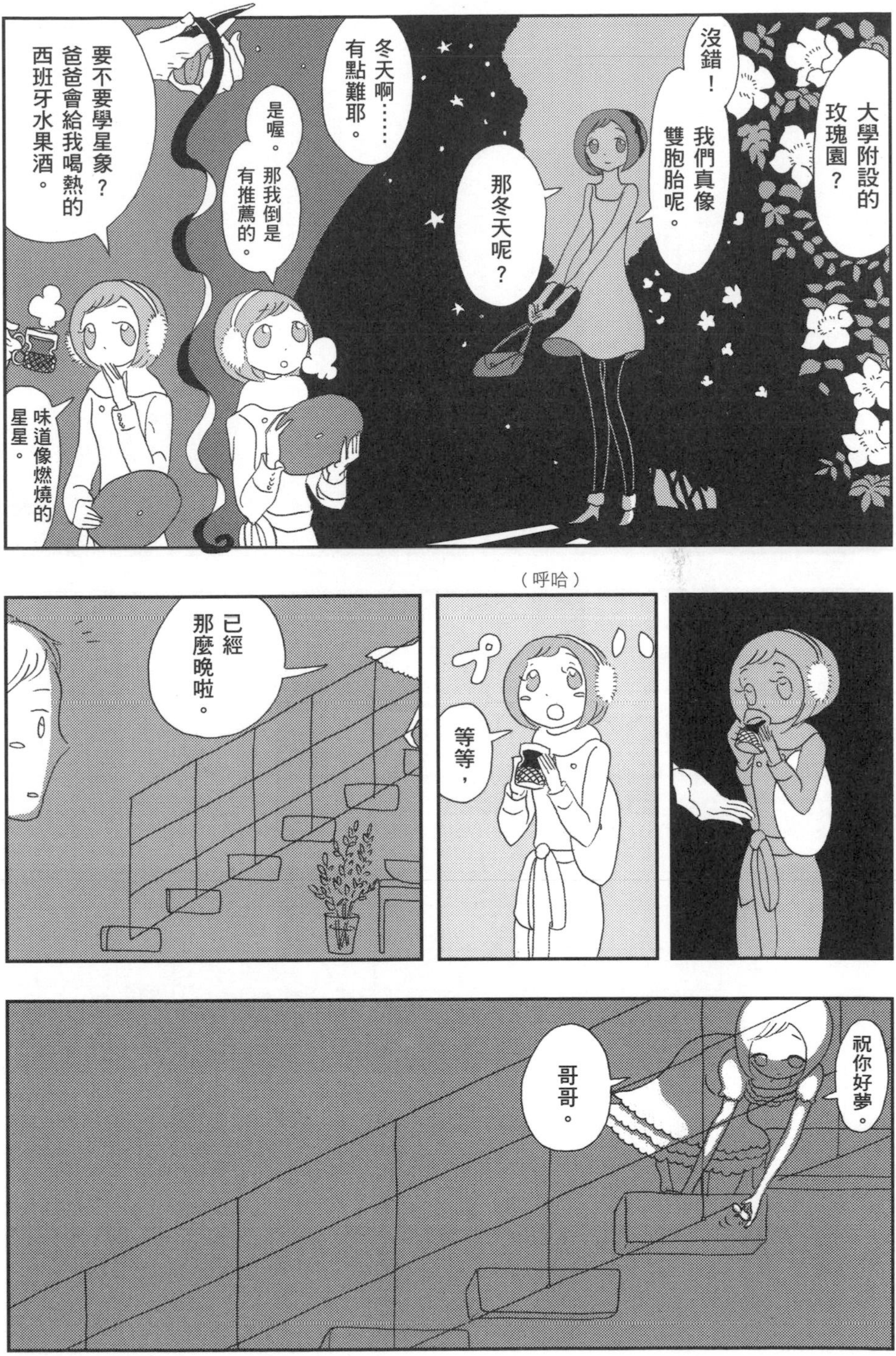
大學附設的玫瑰園？
沒錯！我們真像雙胞胎呢。
那冬天呢？
冬天啊……有點難耶。
是喔。那我倒是有推薦的。
要不要學星象？爸爸會給我喝熱的西班牙水果酒。
味道像燃燒的星星。
（呼哈）
等等，
已經那麼晚啦。
祝你好夢。
哥哥。

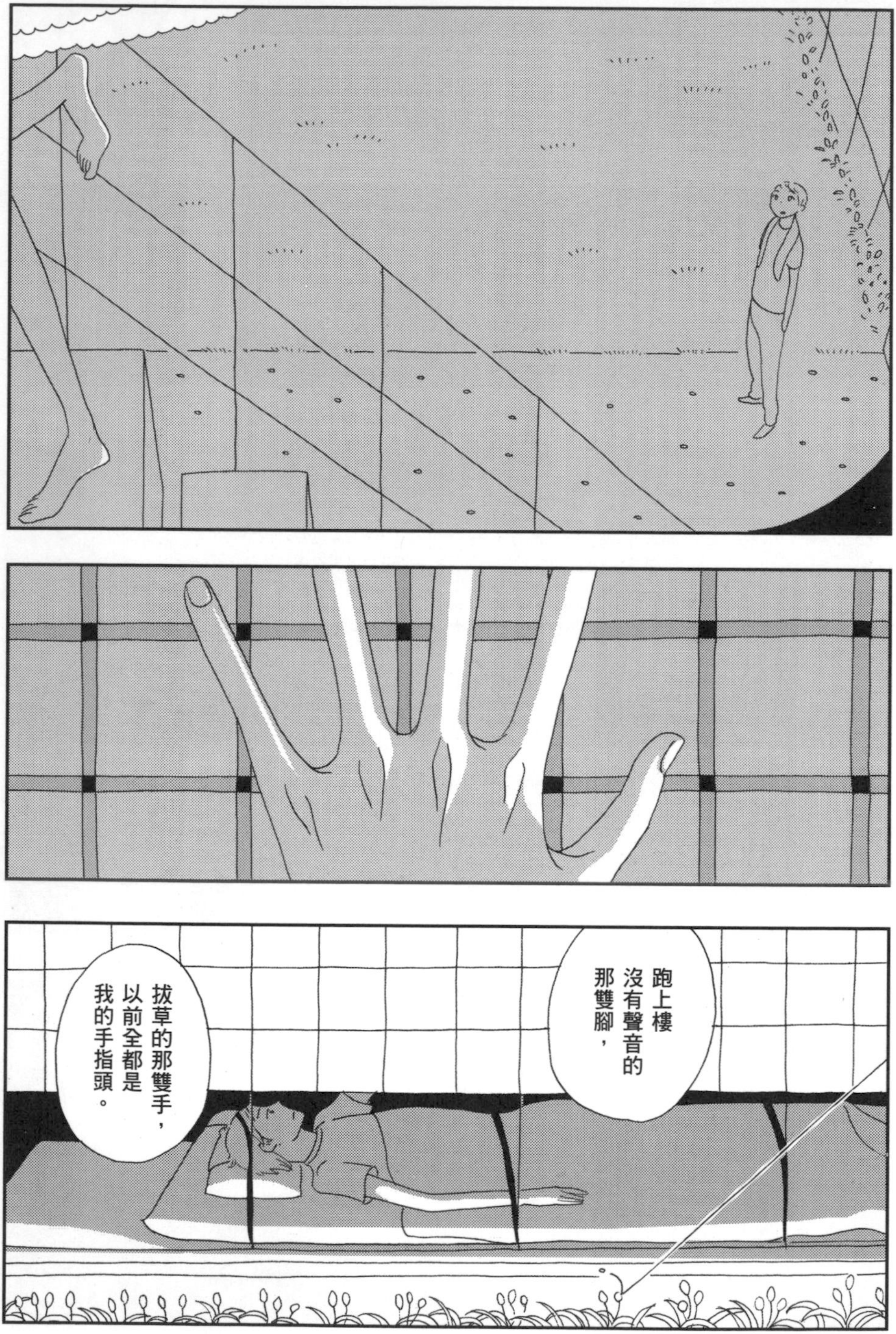
跑上樓沒有聲音的那雙腳，
拔草的那雙手，以前全都是我的手指頭。

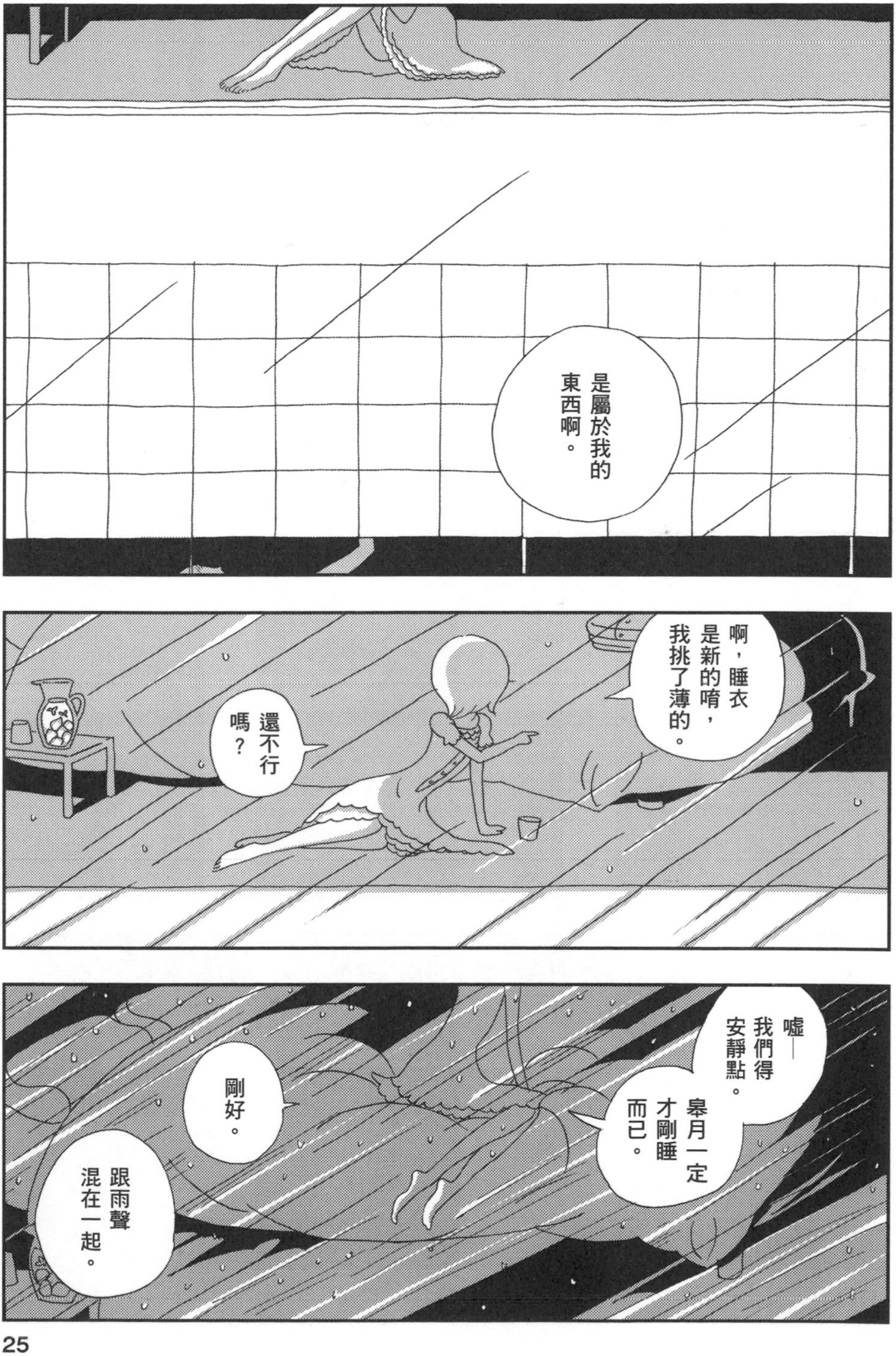
是屬於我的東西啊。
啊，睡衣是新的唷，我挑了薄的。
還不行嗎？
噓——我們得安靜點。
皋月一定才剛睡而已。
剛好。
跟雨聲混在一起。

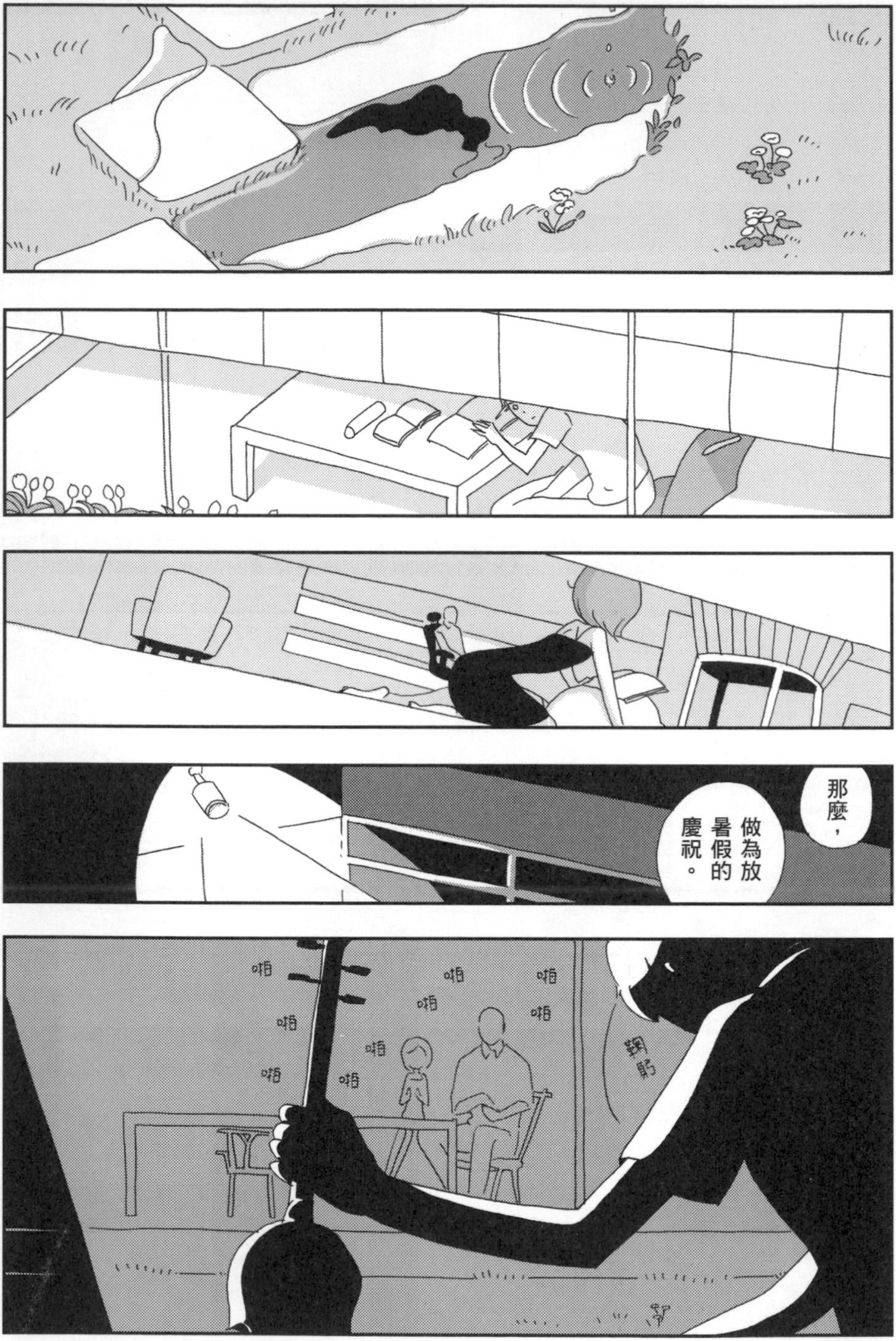
那麼，做為放暑假的慶祝。
啪
啪
啪
啪
啪
啪
啪
啪
啪

啪
啪
啪
啪
啪
啪
啪
啪
獻醜了。
鞠躬

非常好聽呢，乾脆每個月都表演好了。
呃。
鏘
不要啦——這樣我每個月都要緊張一次……
我贊成唷，想不到你拉得那麼好。
我沒當成皋月的手指也許真的很可惜。
喂！今天不能再喝了。
有多少你就都會喝完。
要是以前有讓妳學唱歌就好了。
轉換話題也不行！
妳跟皋月一起表演聽了一定身心舒暢。
我是可以學看看，可是皋月難得的暑假，我們看看要去哪裡吧。
這樣啊，那去哪好呢？
地點我們已經決定好了。
僵住
對吧！
拿

爸爸呢？
舅舅說他顧東西。
是喔。
這種時候才該錄點東西啊。
他說我們泡到水不太好。
是呀。

我們是特製的贗品。
不然我真想跟海裡的同伴打聲招呼。
同伴？
海星呀，跟我們兩個的花很像，而且被切成好幾段還是會恢復，這點也一樣。
大海光是這樣看著就滿足了。
嗯。
還是想要撿個貝殼留念之類的。
實在不忍心撿我們乾掉的親戚（海星）。
嗯。
跟爸爸的頭一樣亮晶晶的。
啊。

斷掉了。
這雙鞋不便宜耶。
哎呀呀。
總之先穿上吧。
謝謝。
對不起呀，我們回去吧，腳會痛吧。
意外地不會痛。
可是，

受傷就不好了。
現在回去還不遠。
不撿貝殼沒關係嗎？
沒關係。
我們兩個被切成好幾段也不會有事，但很敏感吧？
像這樣的，世界上只有我們兩個。

我呀，
覺得跟皋月當雙胞胎兄妹就好，你是個溫柔又能一起玩的哥哥。
我們的繁殖方式跟一般人不同，所以可以是任何關係。
這樣子，
三個人就能一直像親子一樣生活，一定會很開心。
呼。還沒到。
人真遠。
我想跟妳再合而為一，

所以沒辦法當哥哥。
什～麼～
風太強了，完全聽不到你說話啦～

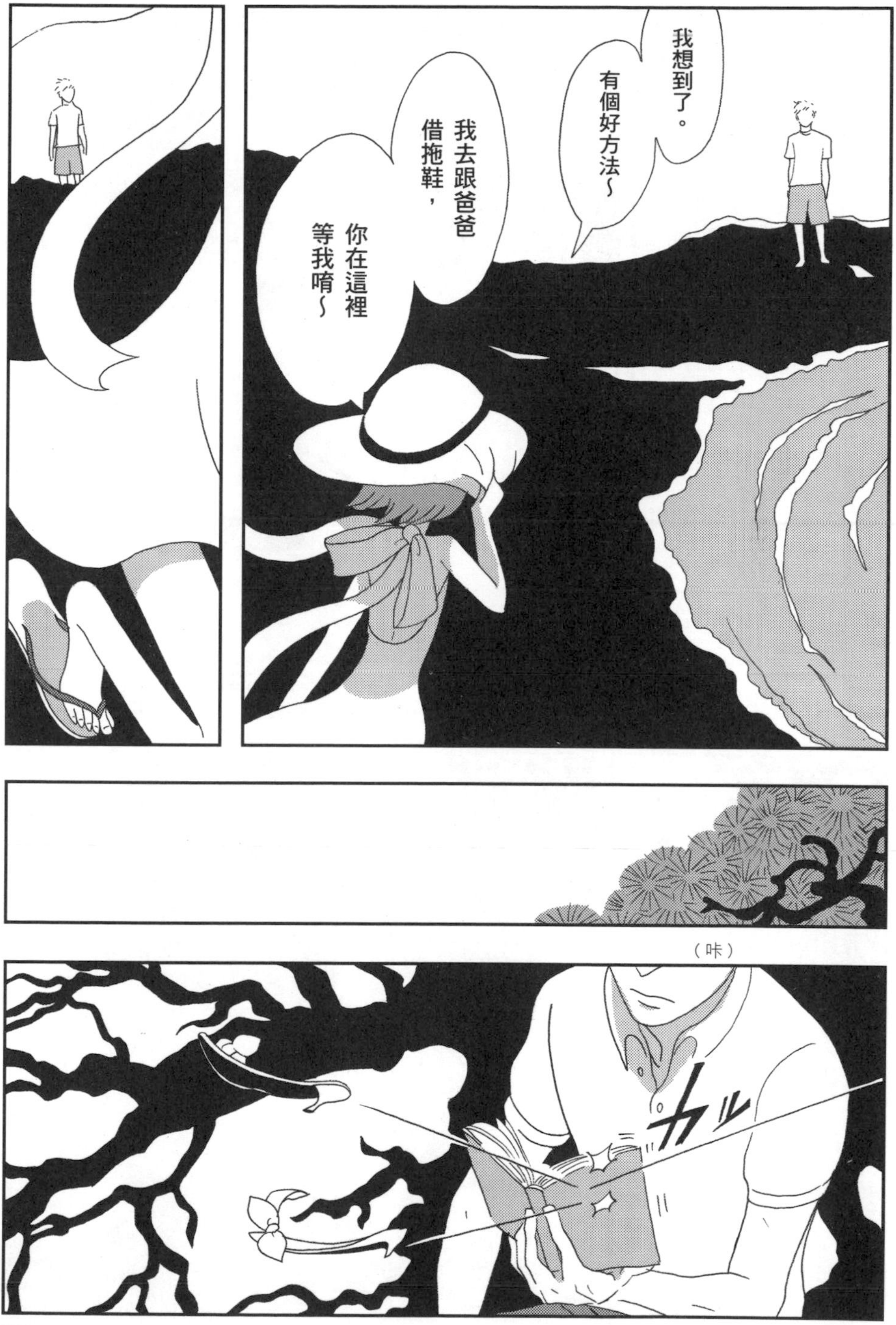
我想到了。
有個好方法～
我去跟爸爸借拖鞋，
你在這裡等我唷～
（咔）
カッ

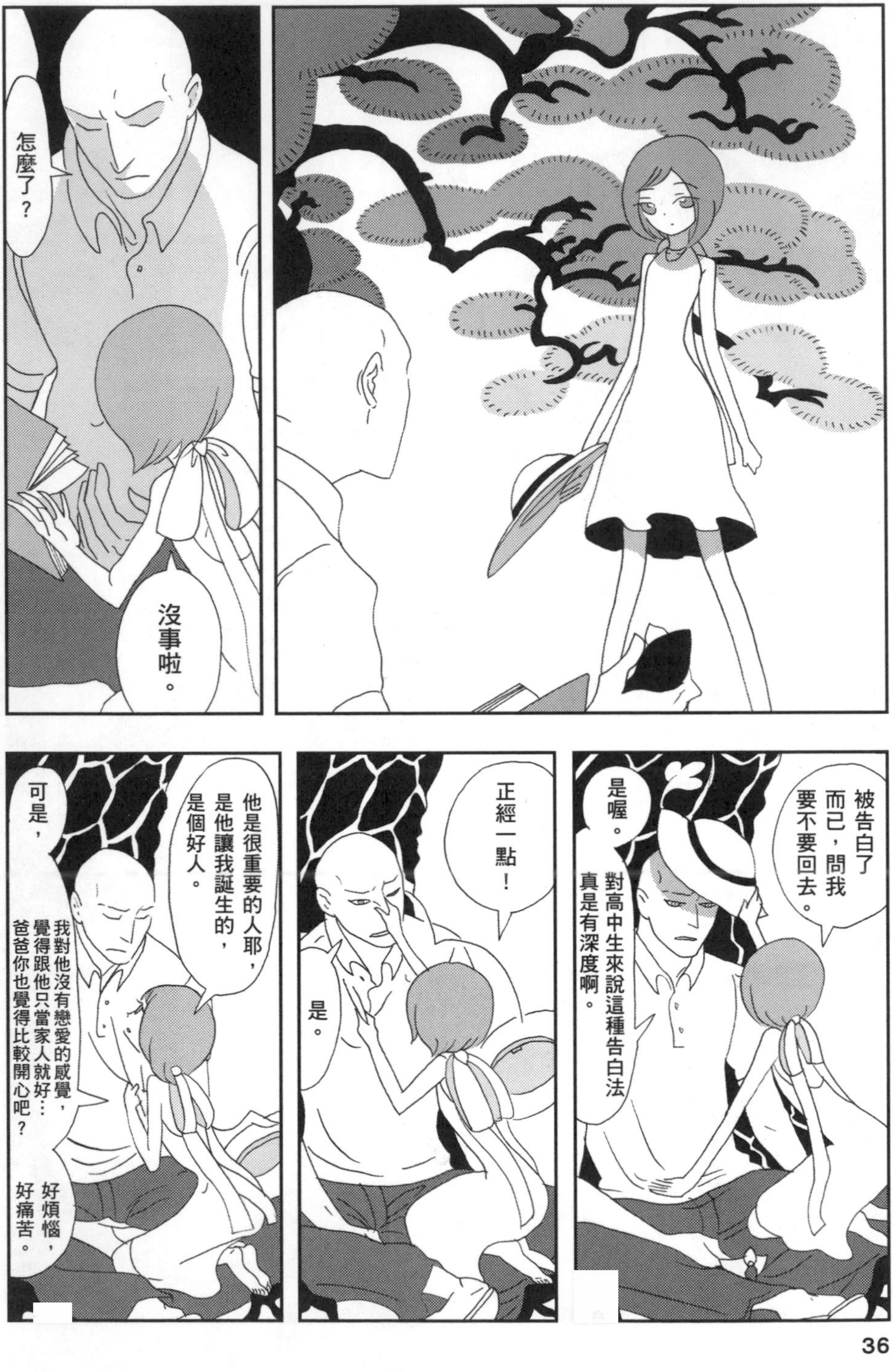
怎麼了？
沒事啦。
被告白了而已，問我要不要回去。
是喔。
對高中生來說這種告白法真是有深度啊。
正經一點！
是。
他是很重要的人耶，是他讓我誕生的，是個好人。
可是，
我對他沒有戀愛的感覺，覺得跟他只當家人就好…爸爸你也覺得比較開心吧？
好煩惱，好痛苦。

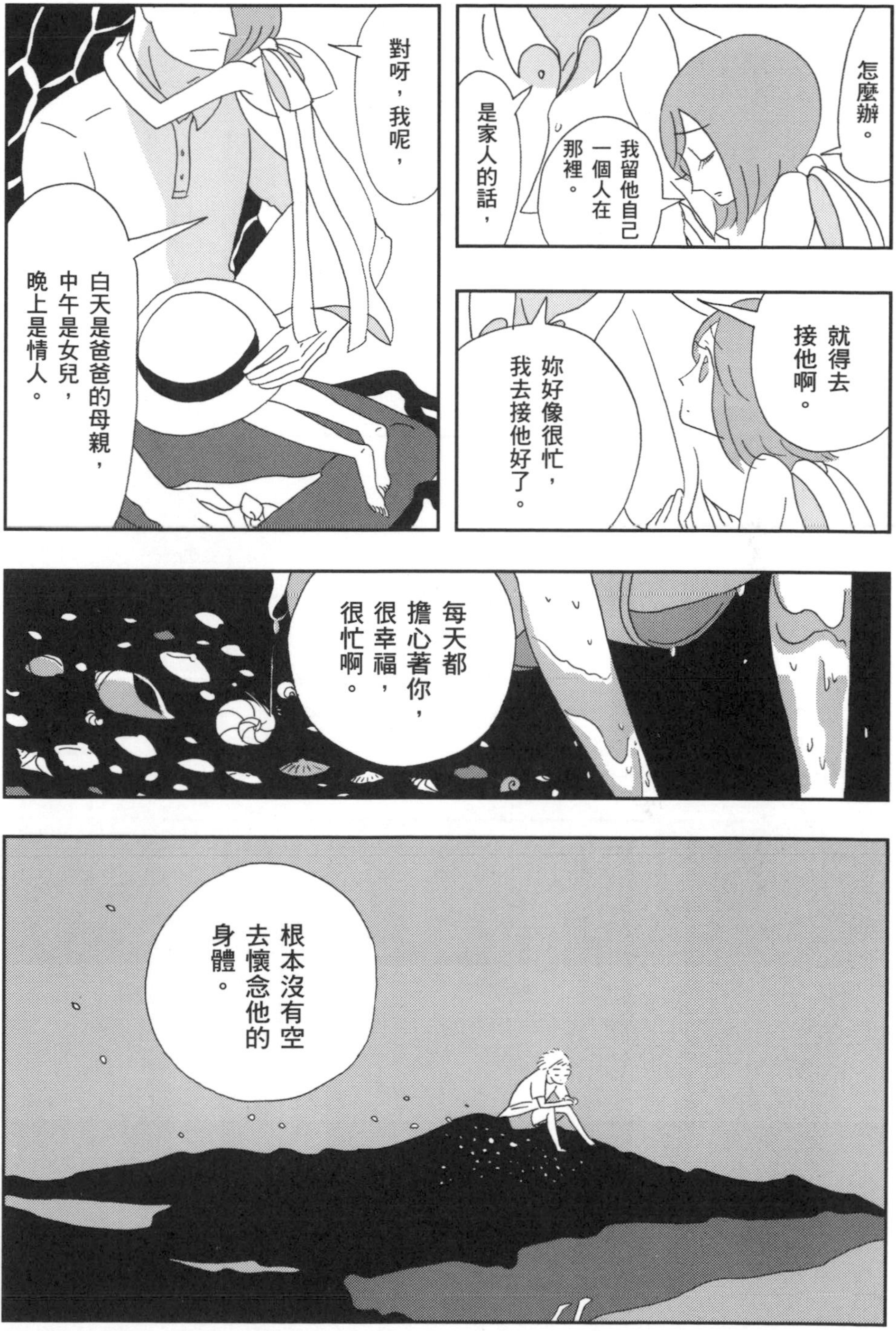
怎麼辦。
我留他自己一個人在那裡。
是家人的話，
就得去接他啊。
妳好像很忙，我去接他好了。
對呀，我呢，
白天是爸爸的母親，中午是女兒，晚上是情人。
每天都擔心著你，很幸福，很忙啊。
根本沒有空去懷念他的身體。

咬
喀嚓
喀嚓
喀嚓
喀嚓
喀嚓

那個。
我來幫妳吧。
不用啦。快除完了。
喀嚓喀嚓
還有，關於之前跟妳說的……
在海邊時。
皋月，
枝和根，你想要哪個？
喀嚓喀嚓
枝吧。
為什麼這麼問？
喀嚓

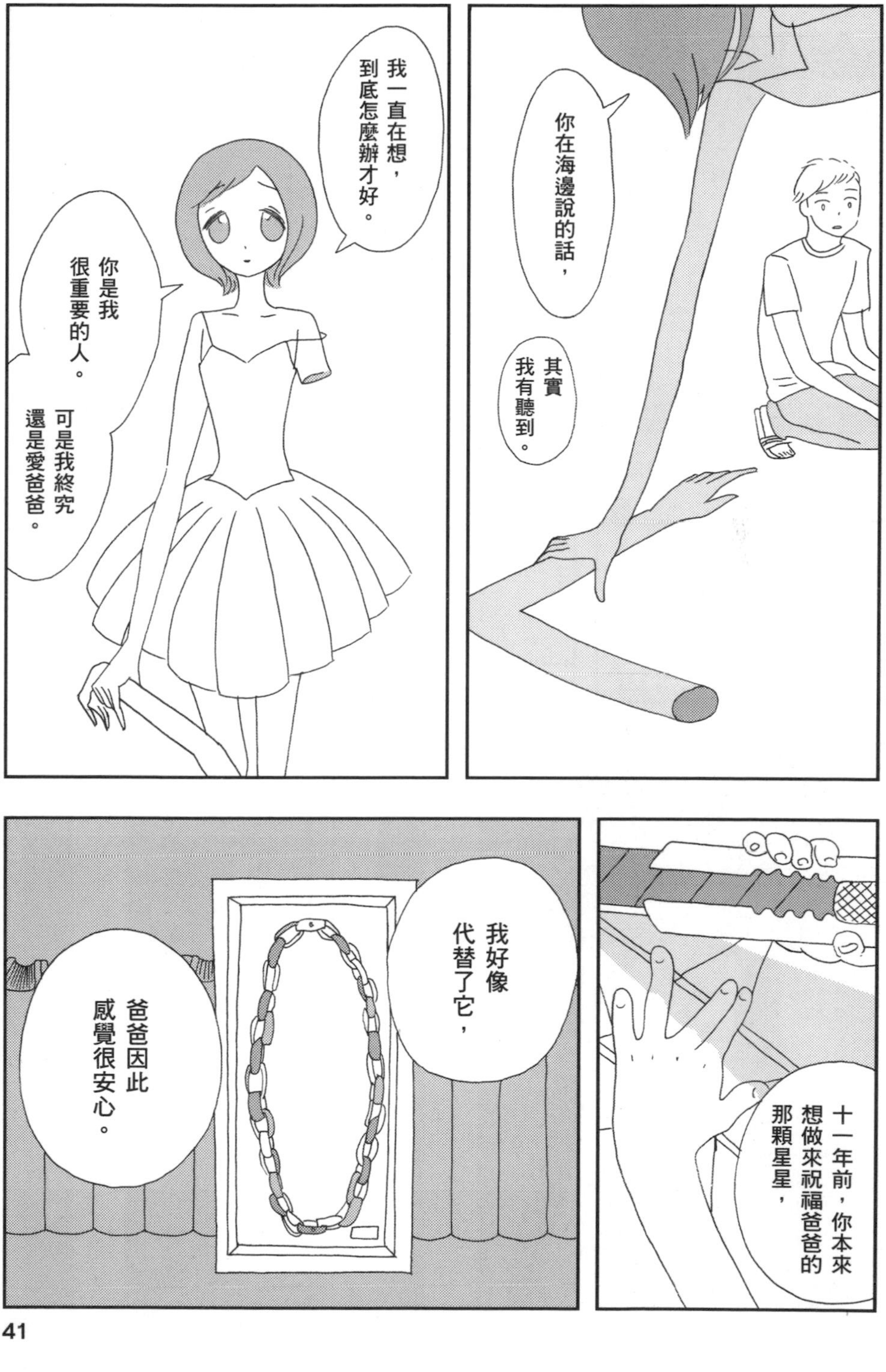
你在海邊說的話，
其實我有聽到。
我一直在想，到底怎麼辦才好。
你是我很重要的人。
可是我終究還是愛爸爸。
十一年前，你本來想做來祝福爸爸的那顆星星，
我好像代替了它，
爸爸因此感覺很安心。

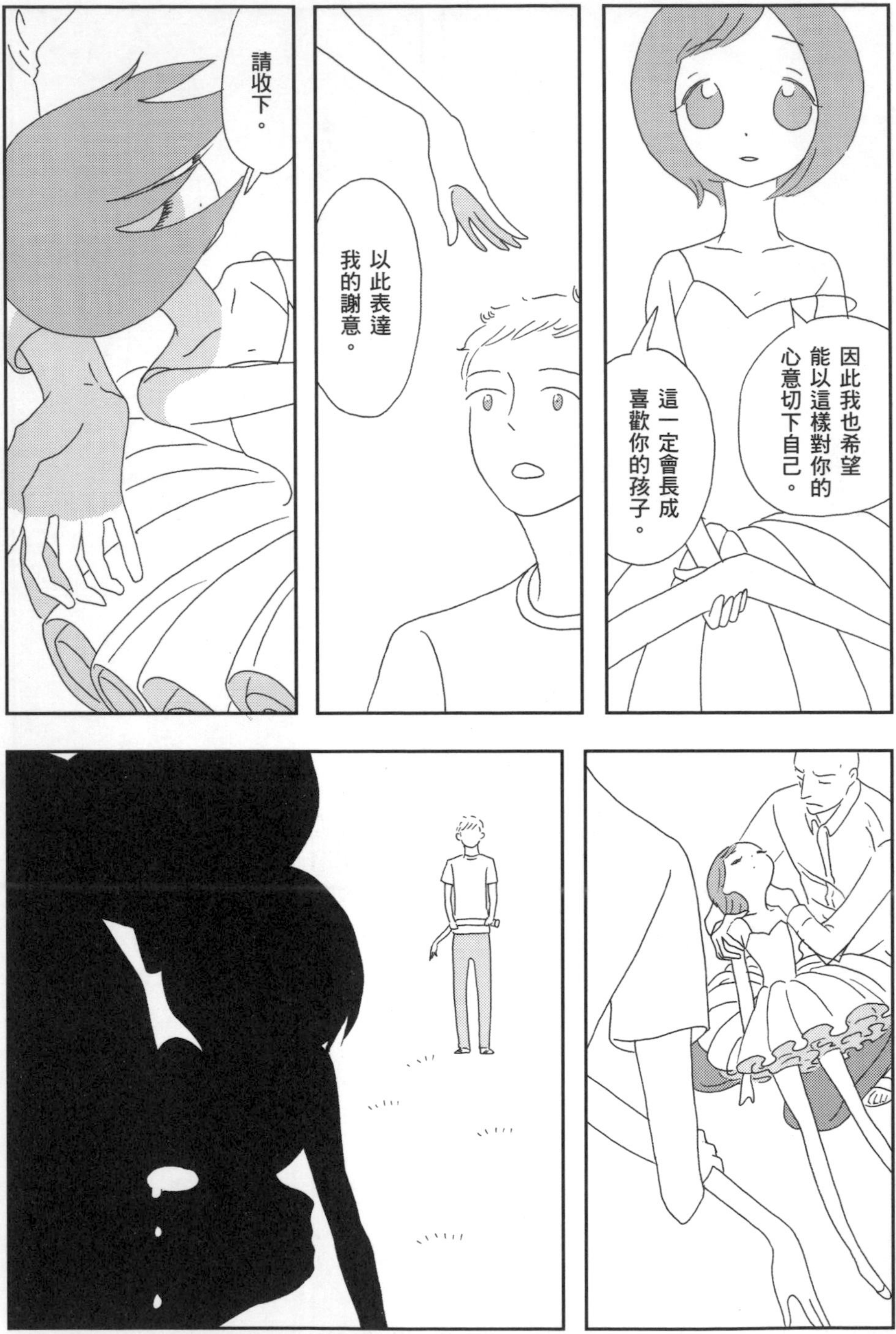
因此我也希望能以這樣對你的心意切下自己。
這一定會長成喜歡你的孩子。
以此表達我的謝意。
請收下。

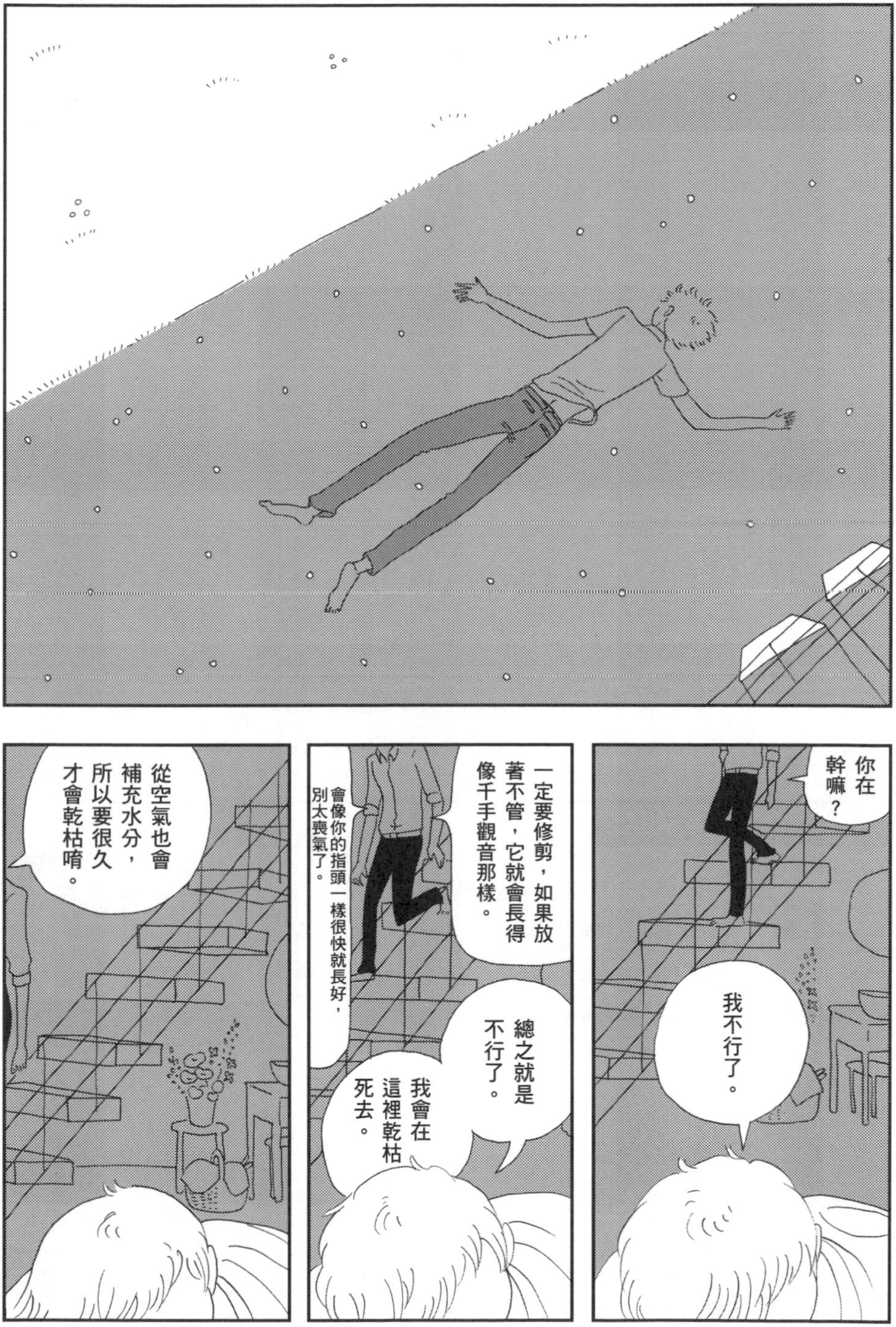
你在幹嘛？
我不行了。
一定要修剪，如果放著不管，它就會長得像千手觀音那樣。
會像你的指頭一樣很快就長好，別太喪氣了。
總之就是不行了。
我會在這裡乾枯死去。
從空氣也會補充水分，所以要很久才會乾枯唷。

蘿莉控。
哎，別說我了，自戀狂。
躑躅要一個月左右才會復原。
倒是你那邊的形狀要完全回來看來還要更久。
我心中的傷哪有那麼容易好。
我是在說扦插，請你暫時像現在這樣把它泡在水裡。
就拜託你照顧扦插囉，
園藝股長。
我辦不到！
絕對辦不到！
比照顧園藝種的玫瑰還有趣唷。
你，
怎麼這樣。

就算被切成
一段一段，
還是會恢復。
我們這種特質
還是很有用啊。
說什麼照顧，
根本不可能啊，
等她復原了
再拜託她好了。
什麼——！
我們家裡已經有
兩個大小孩了耶。
她大概會這樣說吧，
也差不多過一個月了。
話說回來，

爸爸～
躑…
有客人唷！
喀嚓
咚
咚
咚
咚
咚
咚
咚

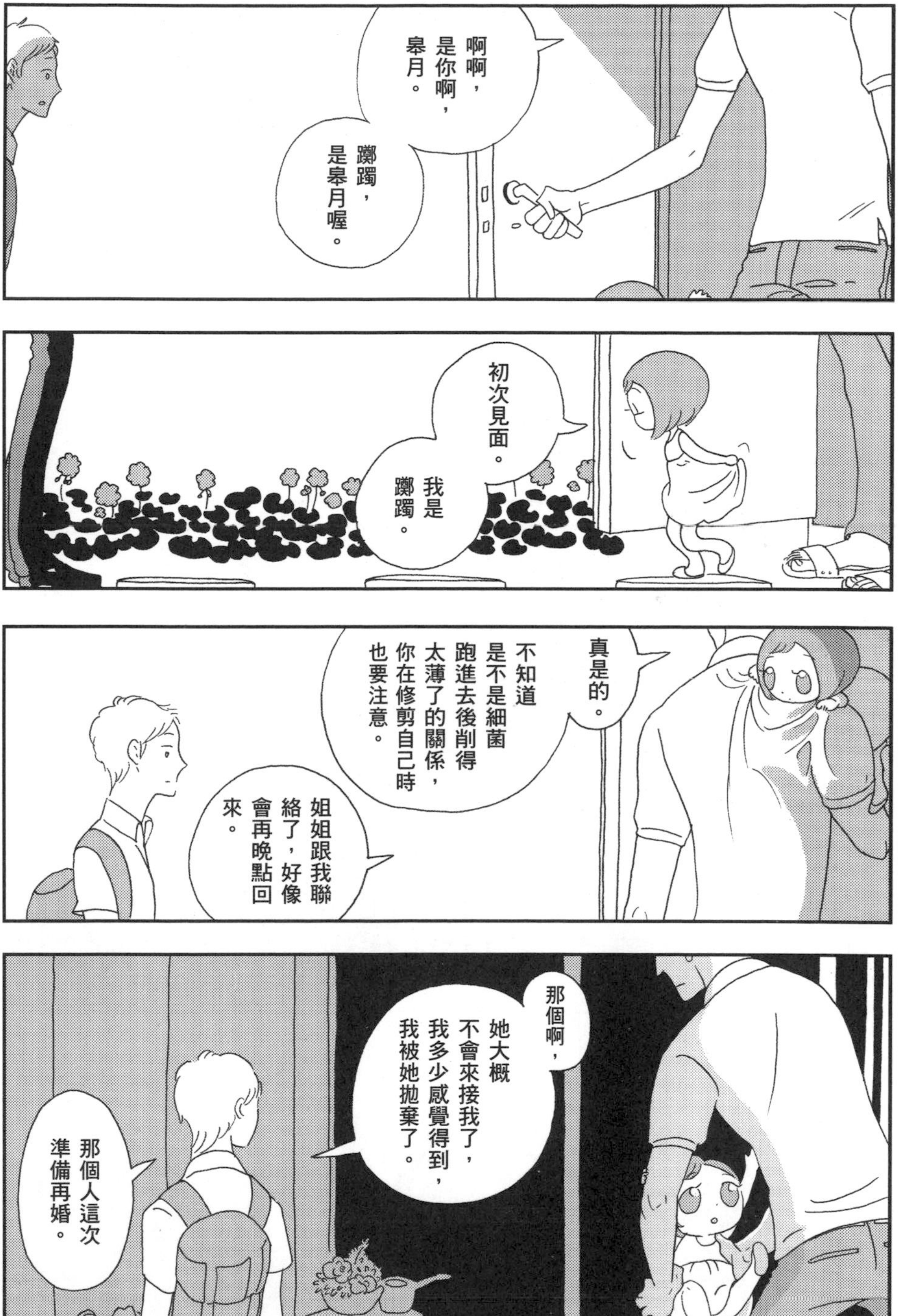
啊啊，是你啊，皋月。
躑躅，是皋月喔。
初次見面。
我是躑躅。
真是的。
不知道是不是細菌跑進去後削得太薄了的關係，你在修剪自己時也要注意。
姐姐跟我聯絡了，好像會再晚點回來。
那個啊，
她大概不會來接我了，我多少感覺得到，我被她拋棄了。
那個人這次準備再婚。

全黑……
皋月。
喀鏘
喀鏘
要不要從今天開始教躑躅唱歌？
好熱。

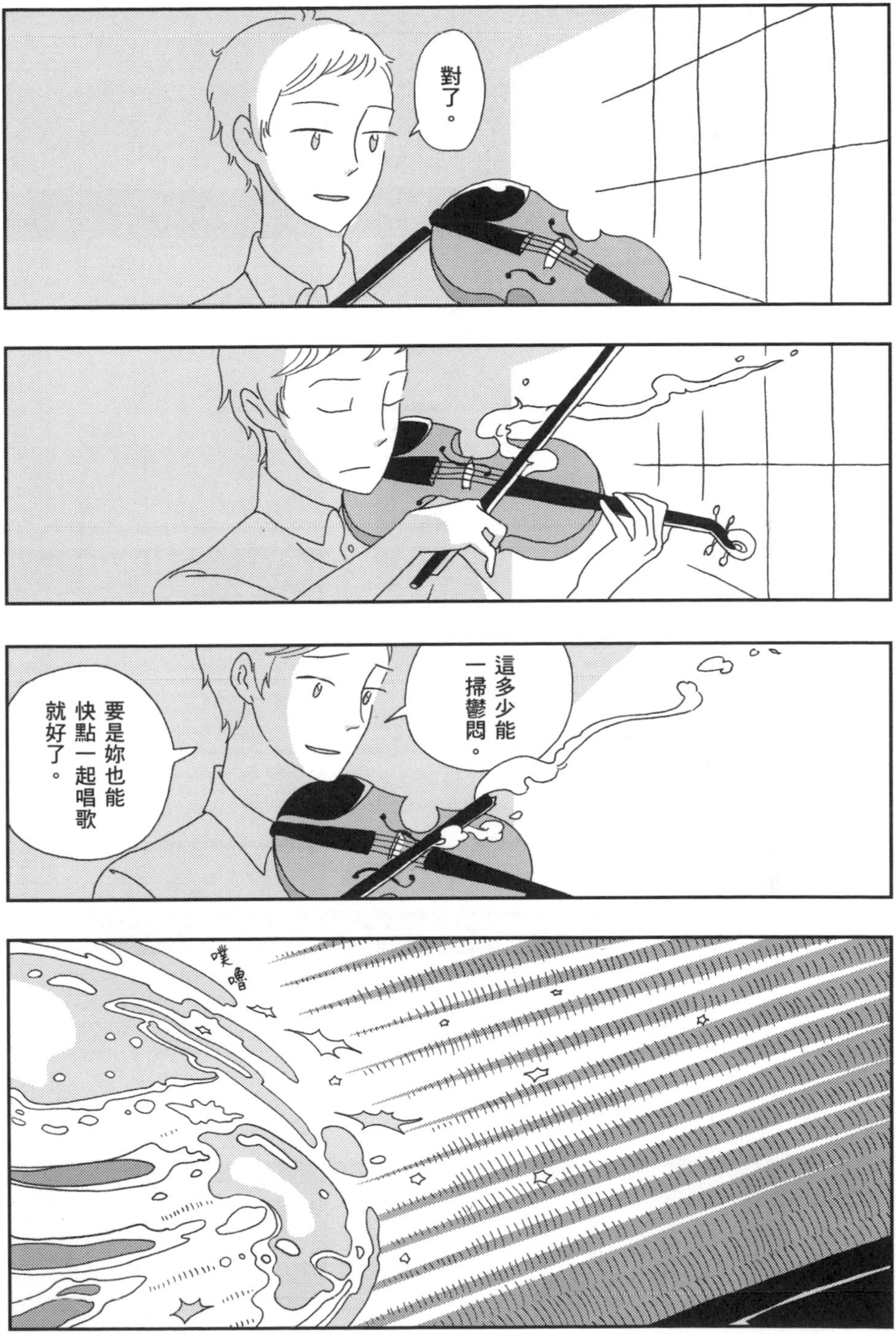
對了。
這多少能一掃鬱悶。
要是妳也能快點一起唱歌就好了。
噗嚕

〔星之戀人〕　終

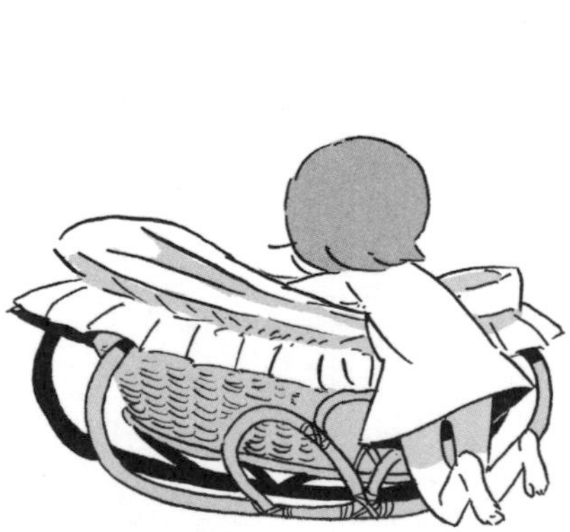

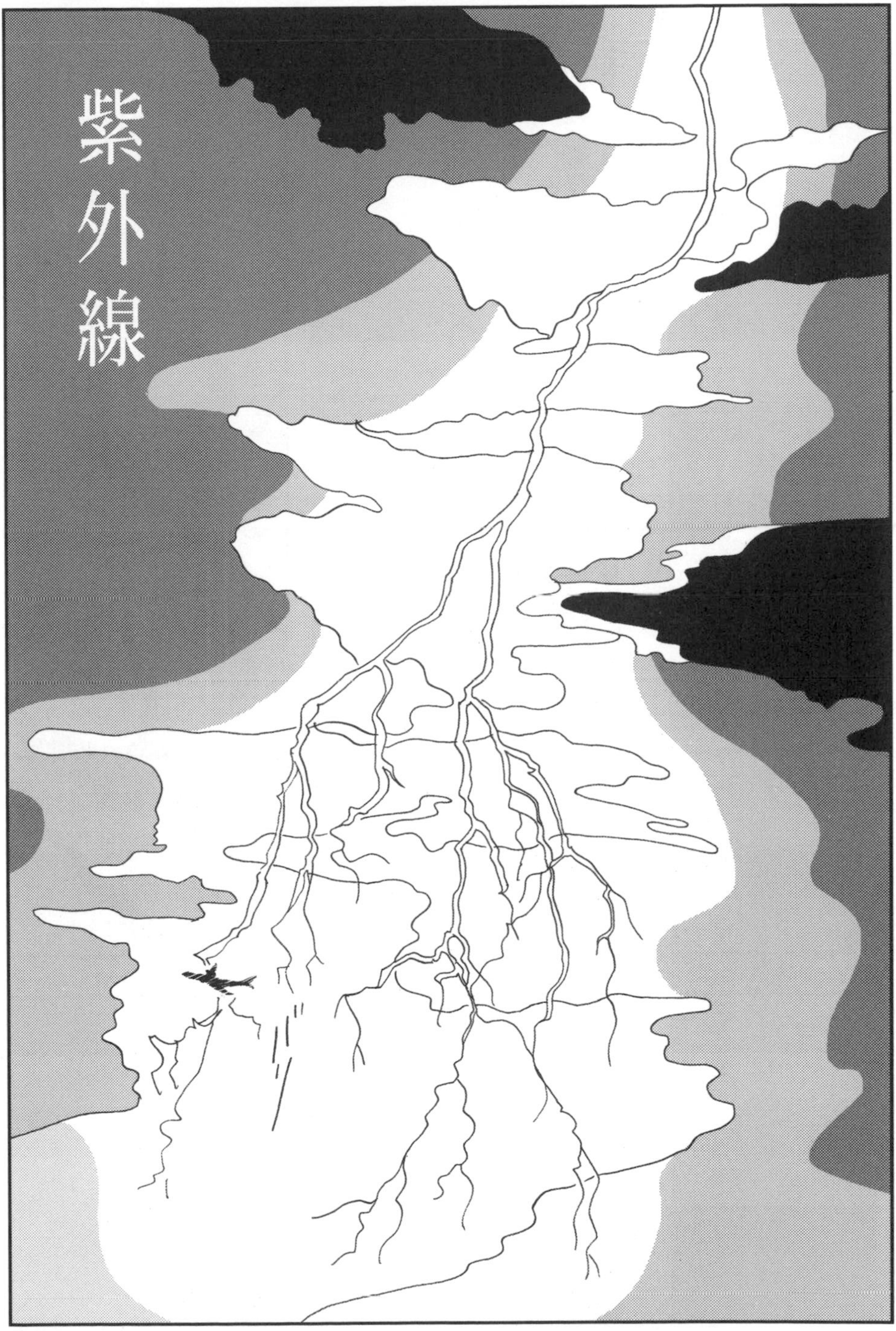
紫外線

墜毀了。
飛機。

（劈哩）

總之，
天野董。
先下山如何？

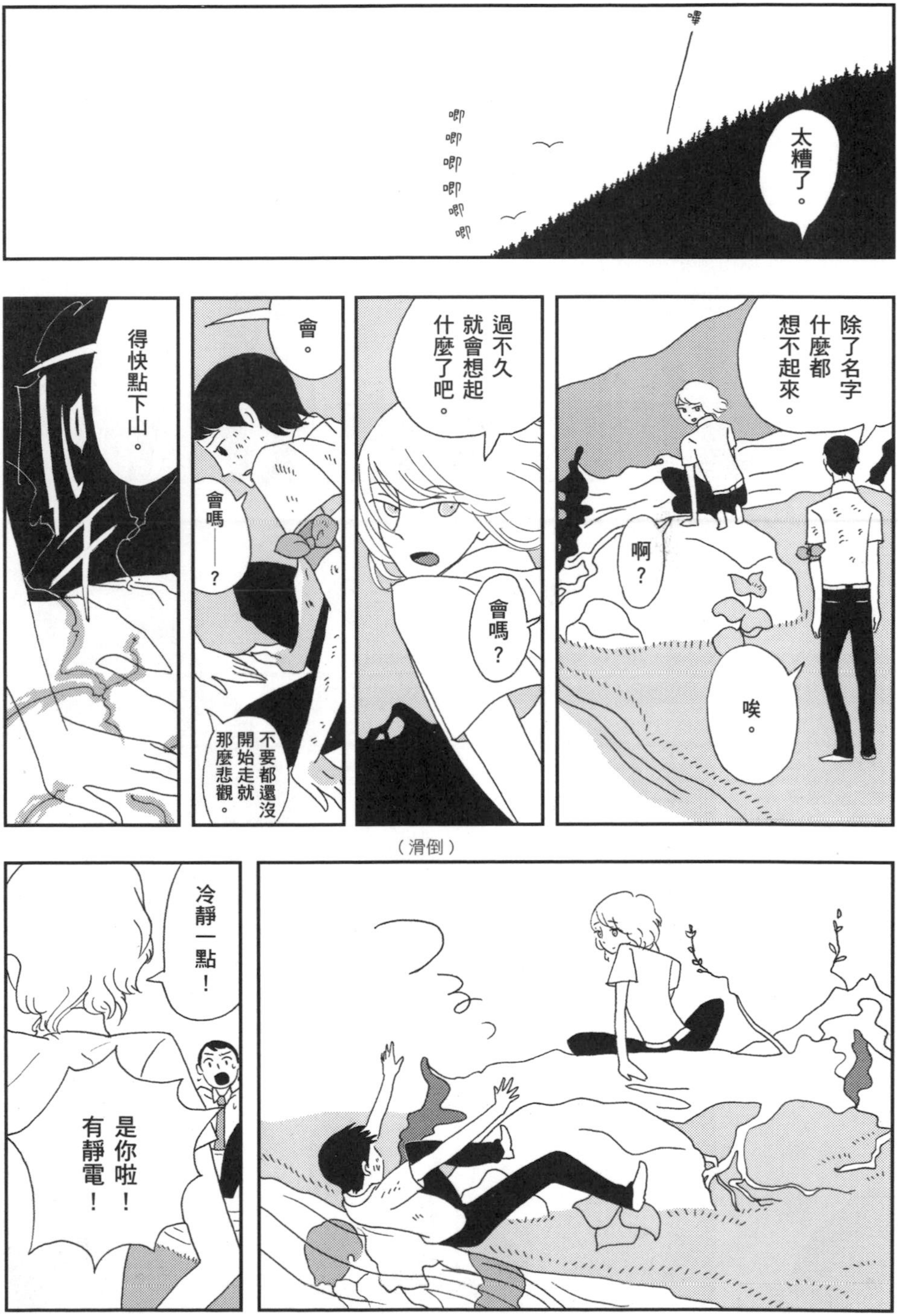

太糟了。
嗶——
唧唧唧唧唧唧
除了名字什麼都想不起來。
啊？
唉。
過不久就會想起什麼了吧。
會嗎？
會。
會嗎——？
不要都還沒開始走就那麼悲觀。
得快點下山。
（啪滋）
（滑倒）
つるっ
冷靜一點！
是你啦！有靜電！

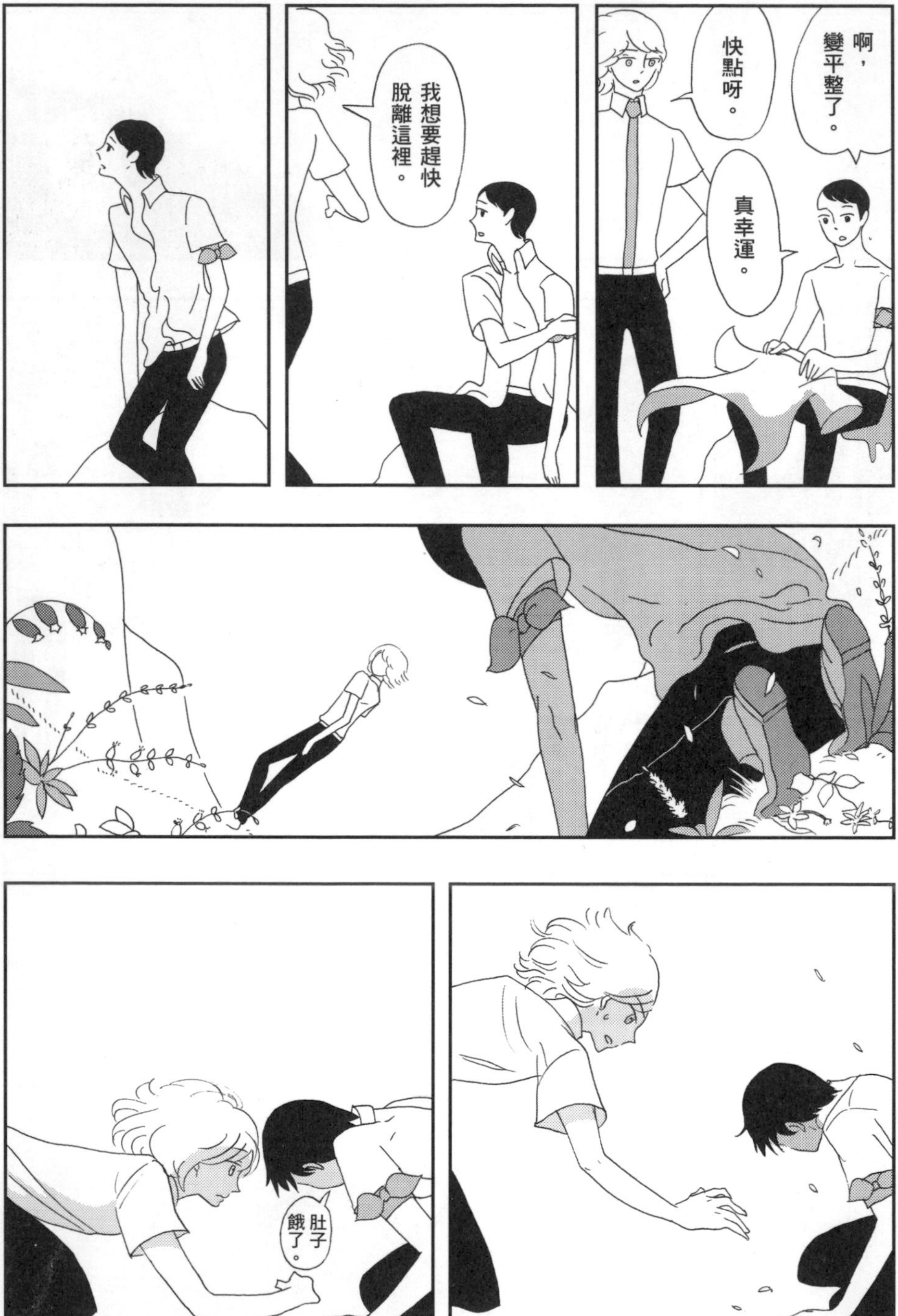
啊，變平整了。
快點呀。
真幸運。
我想要趕快脫離這裡。
肚子餓了。

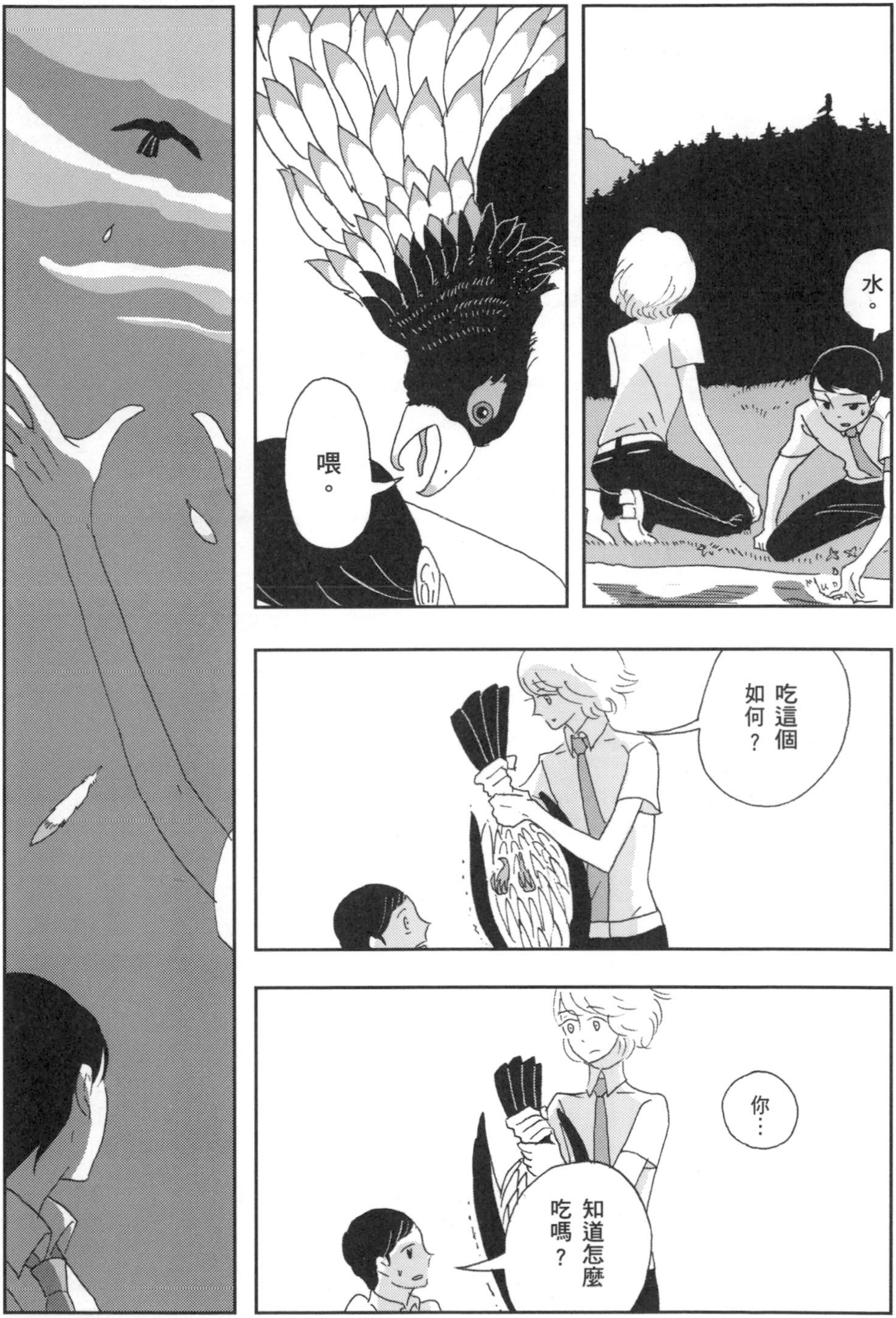
水。
喂。
吃這個如何？
你…
知道怎麼吃嗎？

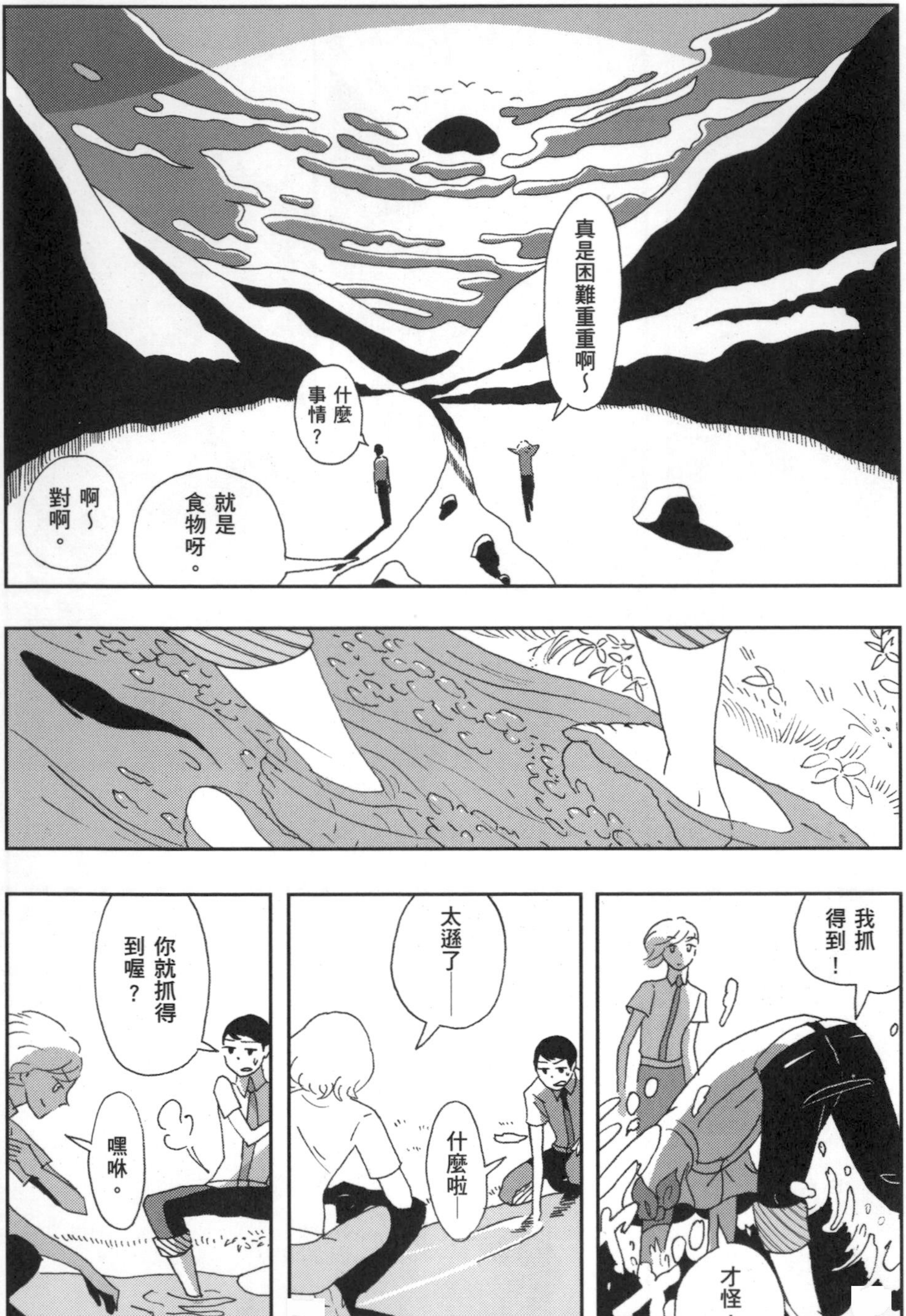

真是困難重重啊～
什麼事情？
就是食物呀。
啊～對啊。
我抓得到！
才怪！
太遜了——
什麼啦——
你就抓得到喔？
嘿咻。

（嘩啦）

左手怪怪的。
（抓）
我知道了啦。
沒用的我就去撿些樹枝回來吧。
喂。
我一起去。
哎唷。
想不到你一個人會怕啊。

什麼？
你還真是幼稚耶——
我一直都是一個人，根本不怕一個人待著，你不知道太陽下山後的森林很危險嗎？
我知道。
我是說因為太陽快下山了，更應該分頭進行。
（啪滋）
啊——

真麻煩。
我可是心懷歉意呀。
可惡，我跟那傢伙真是合不來。
所以才會產生靜電。
怎麼可能一下子就迷路…
了。

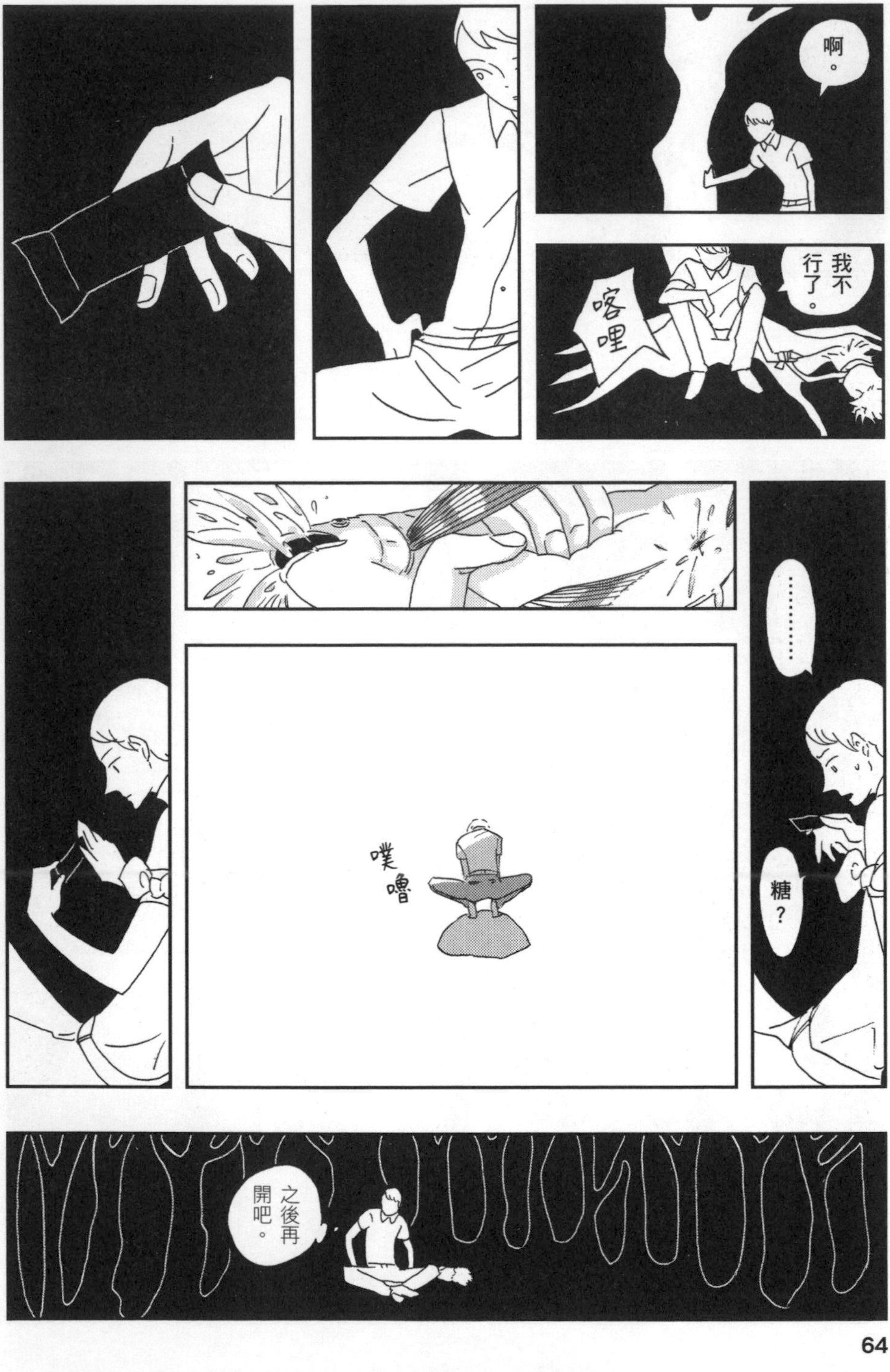
啊。
我不行了。
喀哩
……
糖？
噗嚕
之後再開吧。

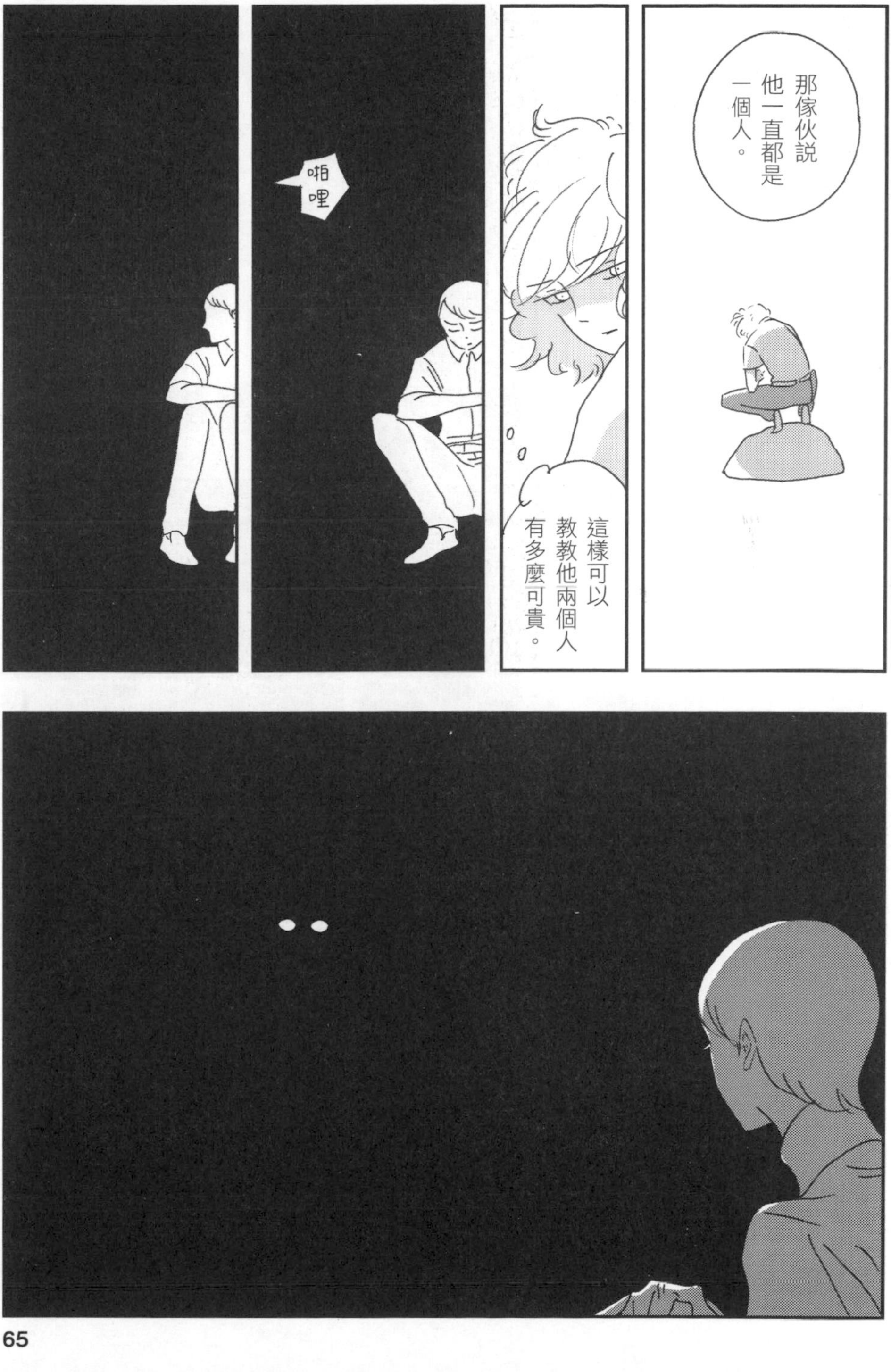
那傢伙說他一直都是一個人。
這樣可以教教他兩個人有多麼可貴。
啪哩

（啪滋）

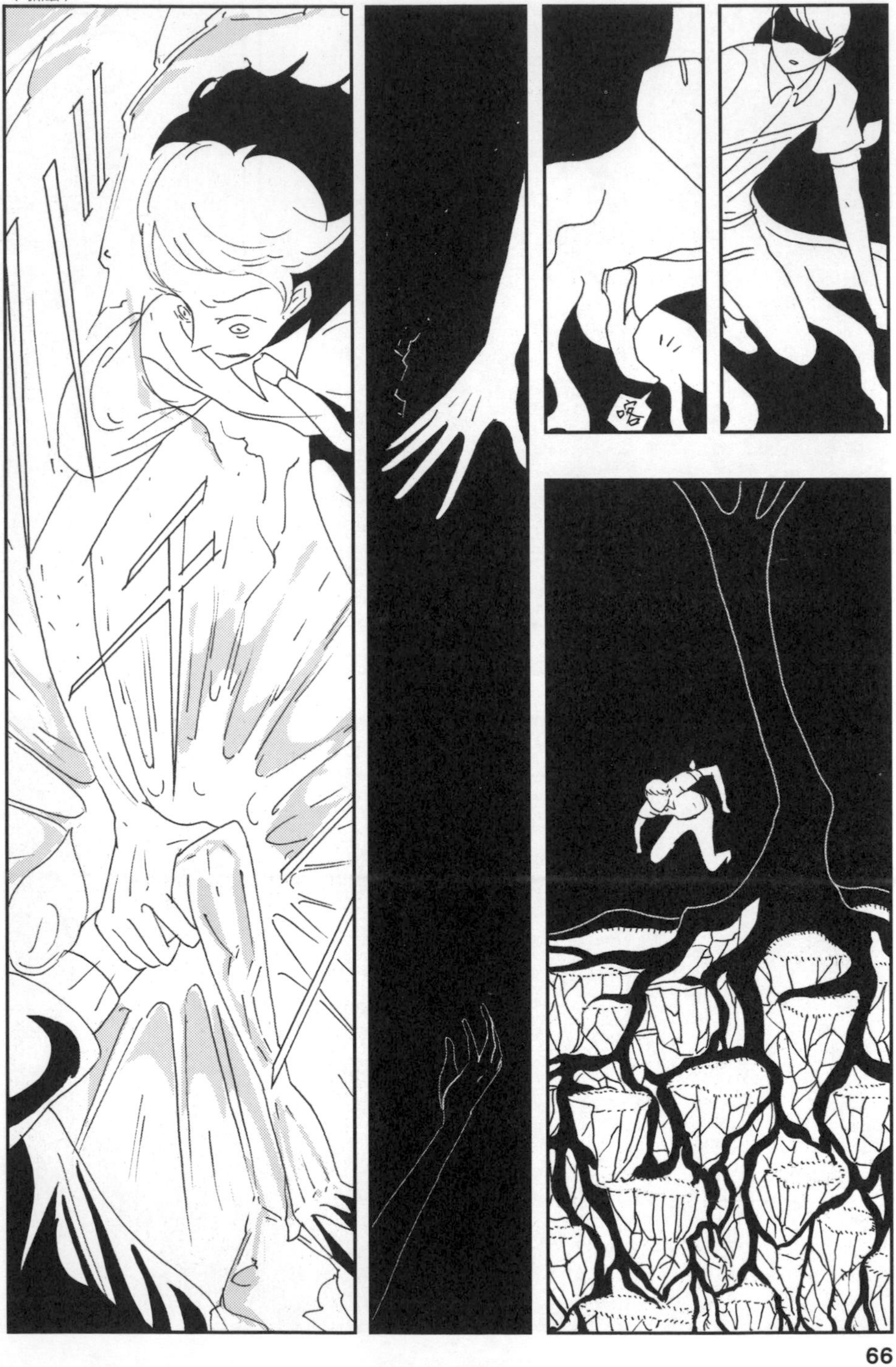

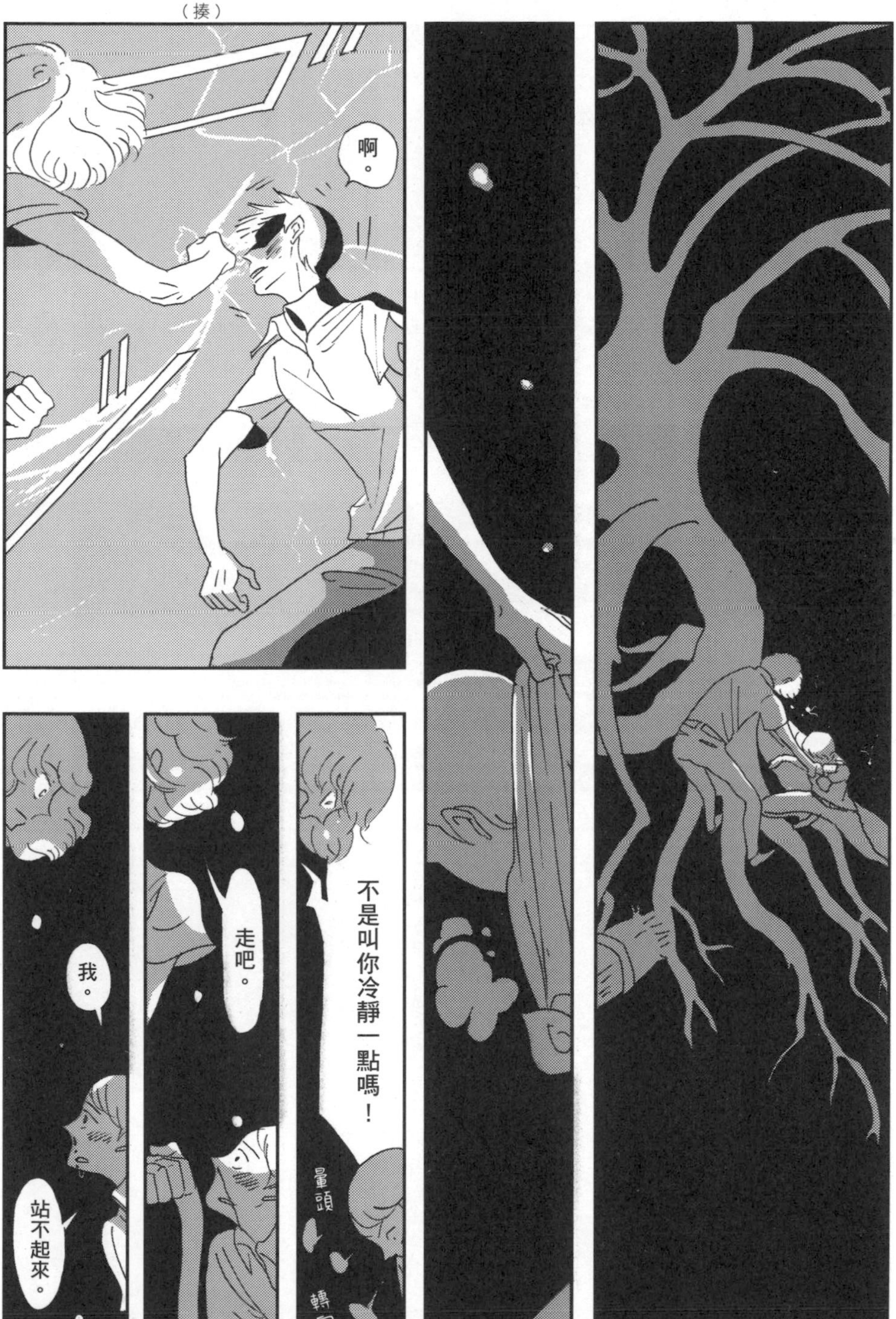
（揍）
啊。
不是叫你冷靜一點嗎！
暈頭轉向
走吧。
我。
站不起來。

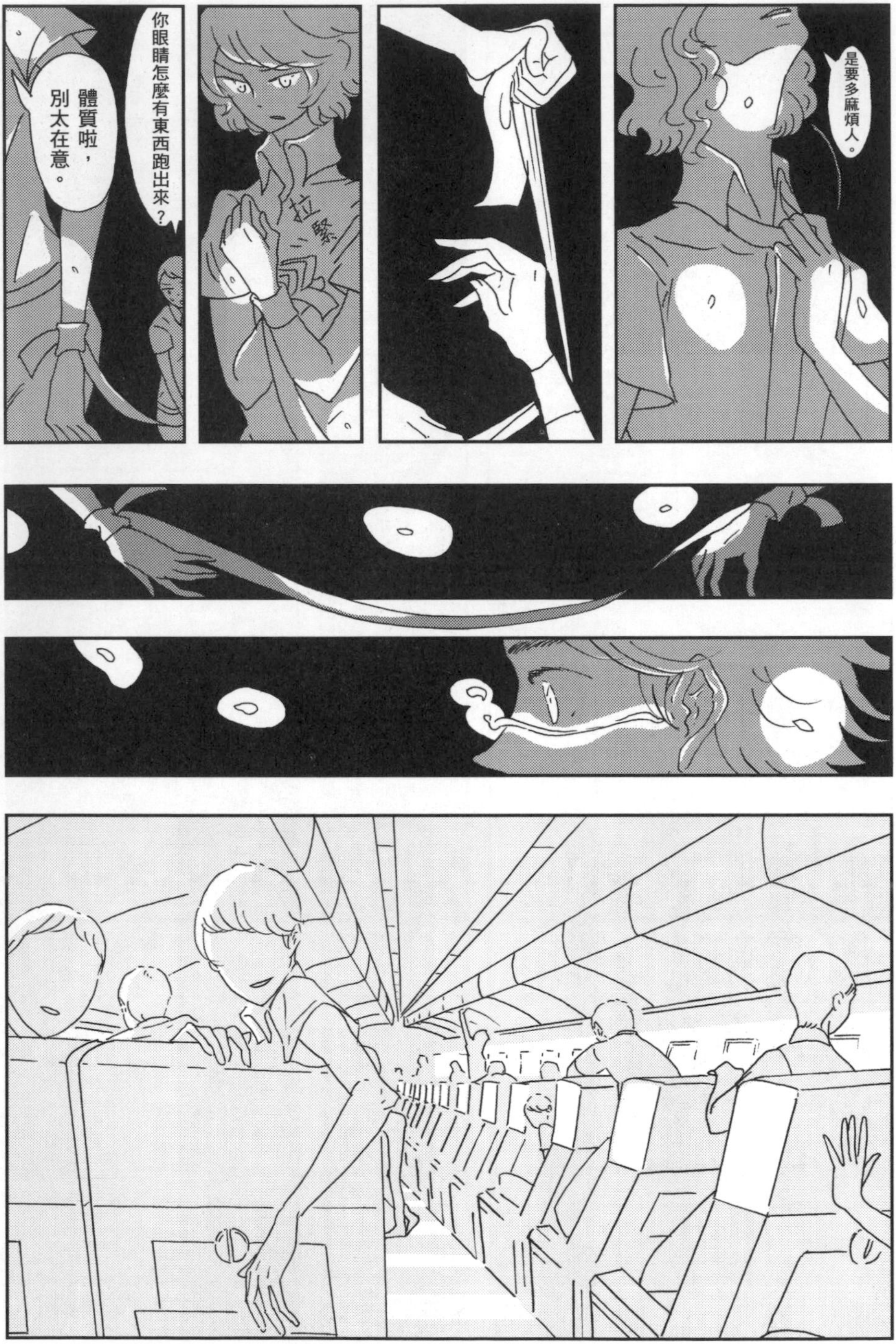
是要多麻煩人。
你眼睛怎麼有東西跑出來？
體質啦，別太在意。

空難是發生在，
去夏令營的途中。

對吧？
堇。
是吧？
老是回顧過去。
會愈來愈裹足不前唷。
可是。
就算忘了，發生過的事情也還是不會消失啊。

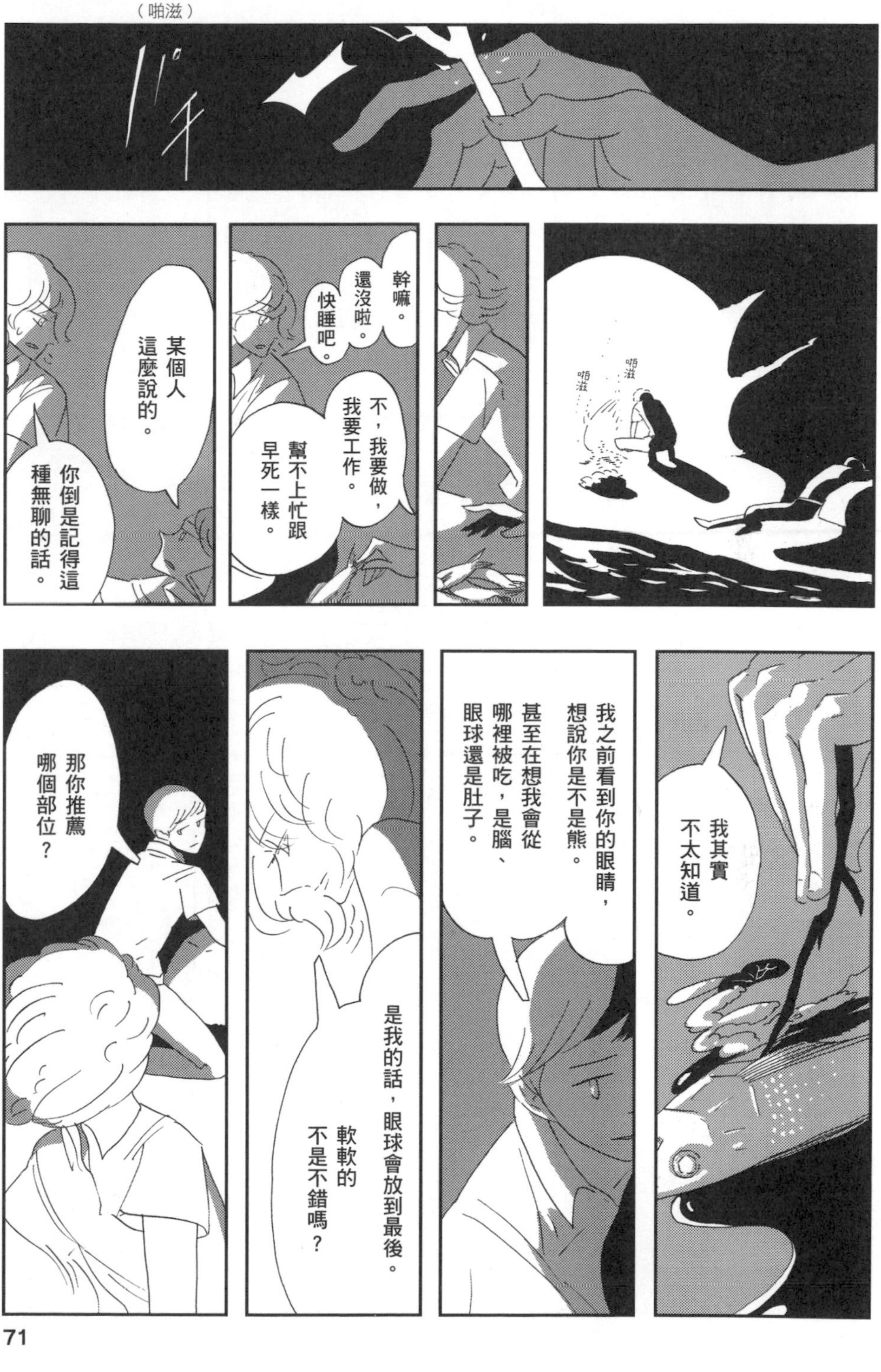
（啪滋）
パチ
啪滋
啪滋
幹嘛。
還沒啦。
快睡吧。
不，我要做，
我要工作。
幫不上忙跟
早死一樣。
某個人
這麼說的。
你倒是記得這
種無聊的話。
我其實
不太知道。
我之前看到你的眼睛，
想說你是不是熊。
甚至在想我會從
哪裡被吃，是腦、
眼球還是肚子。
是我的話，眼球會放到最後。
軟軟的
不是不錯嗎？
那你推薦
哪個部位？

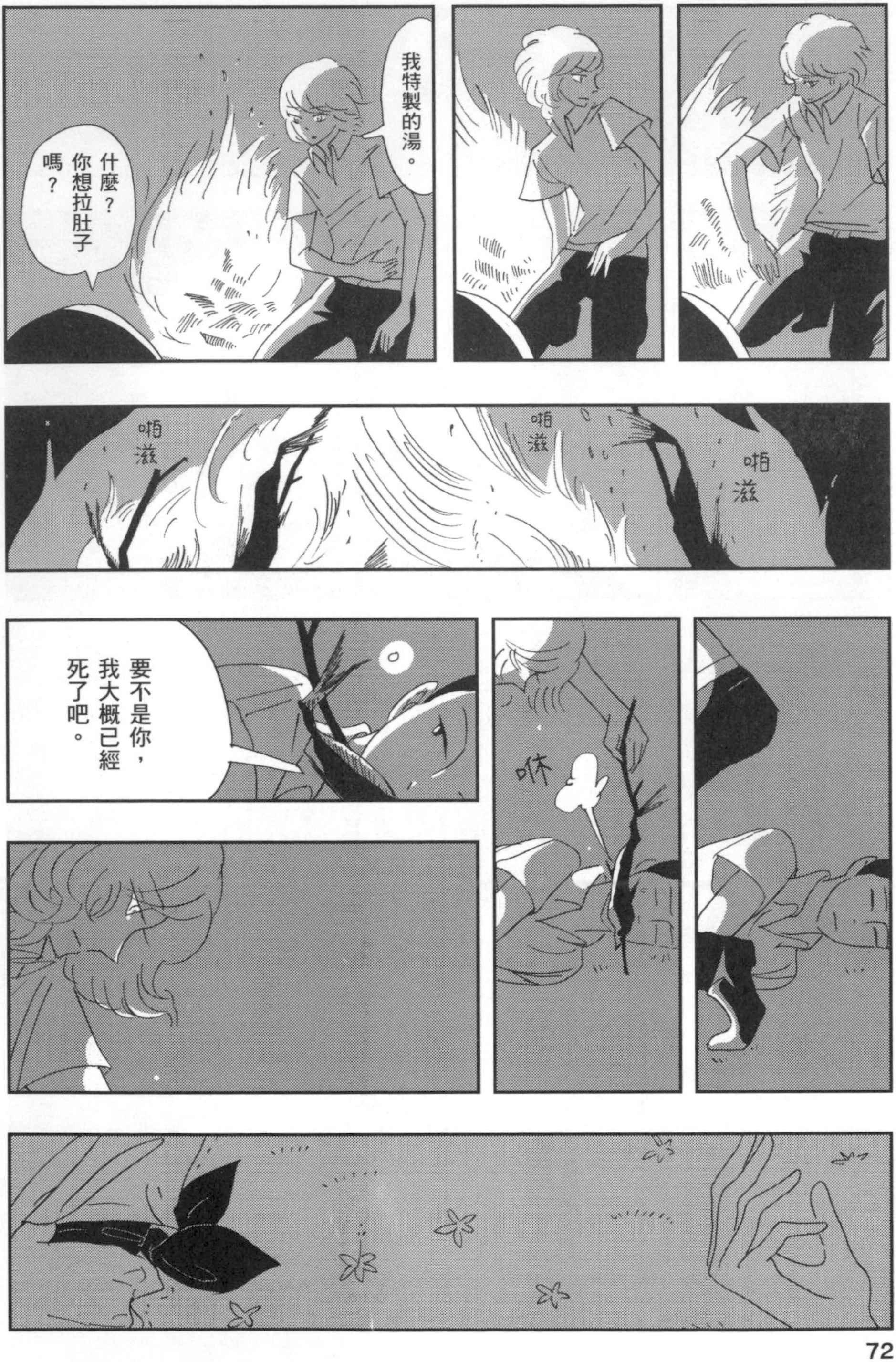
我特製的湯。
什麼？你想拉肚子嗎？
啪滋
啪滋
啪滋
咻
要不是你，我大概已經死了吧。

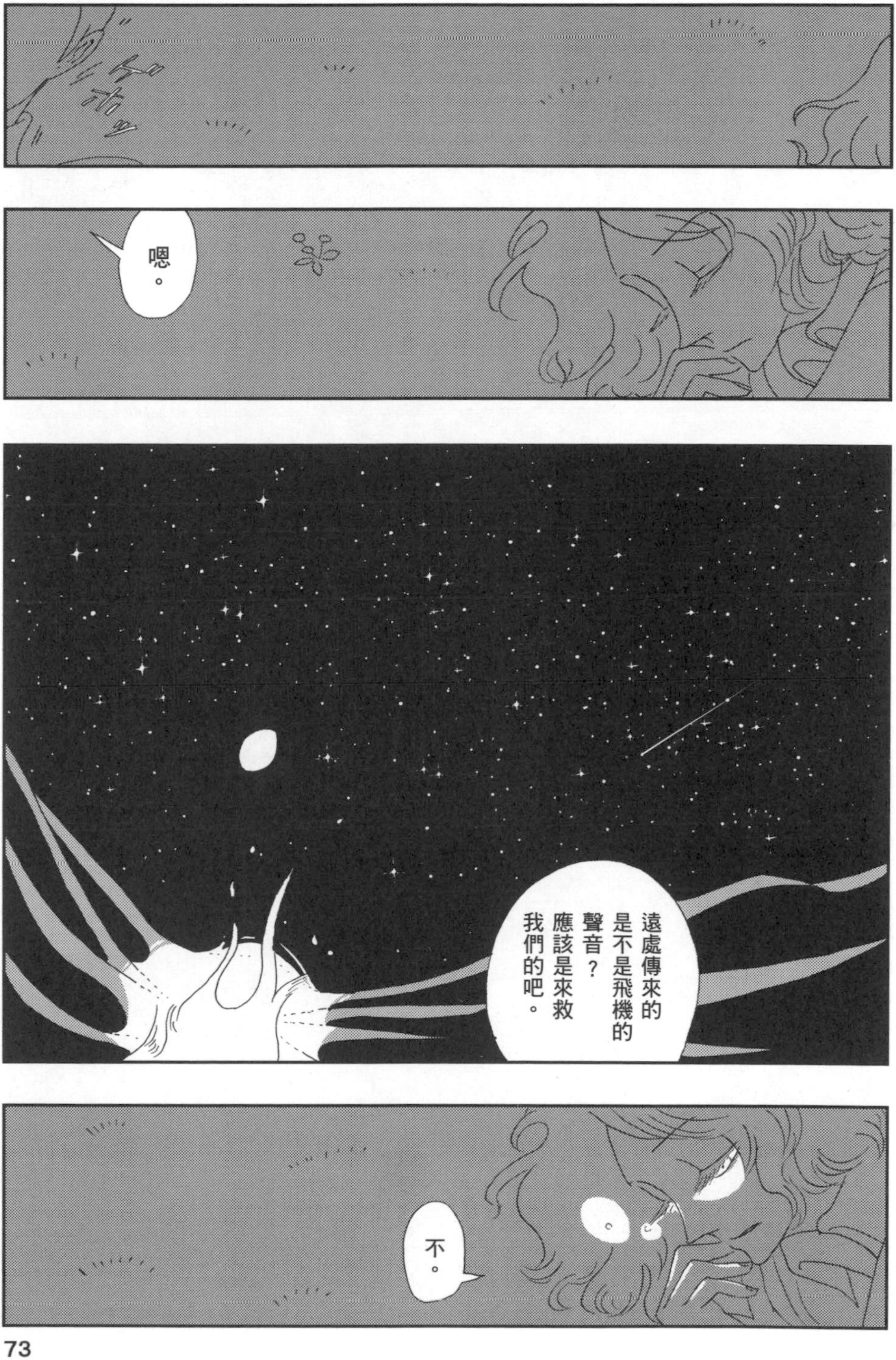
嗯。
遠處傳來的是不是飛機的聲音？應該是來救我們的吧。
不。

那是昆蟲的振翅聲。
這樣啊，你說是的話就是吧。

未來~
是海！
咳咳
沒事吧？
休息一下。

要水嗎？還是肚子餓了？
喀哩
你想要什麼就說，我都會幫你。
咳
撕開。
Sugar
什麼？你居然帶著這東西。
撕開。
我、我才不需要這種東西。
你快吃掉吧。
撕開
倒出

我
說
你
啊——！
半包都灑出來了！要溶掉了！你在幹嘛啦！
白癡喔！
啪滋
啪滋
你明知道我的體質。
啪滋
啪滋

四恩學院中學部二年級的所有學生，誠摯感謝您本日的搭乘。
因為氣流的關係待會會稍微搖晃。
並不影響飛行。
本日的機長是大輪祐一，客艙服務員是大輪京子等四名。
嘿—大輪！你叫你爸讓我們參觀一下駕駛艙好不好？
大輪也要當機長嗎？
今天非常感謝各位搭乘本班機以及與小犬相處愉快。
到目的地之後我們在引擎前面拍個照吧。
我想要看貨艙啦。
接下來由機長向各位問候。
伯父不客氣—
嗚哇。
真是得意忘形。
那個人是大輪的媽媽？
好年輕。
噓，她會聽到啦！她已經連續三個月要我猜「今天我哪邊美容了」，我不想再猜了！
一直會看到你的名字出現在眼前耶。
真好。
Have a nice trip
Sugar
MIRAI AIRLINE
MIRAI AIRLINE
是嗎？居然同名，也太巧了。
感覺像是我載大家的樣子，壓力真大。
喀噠

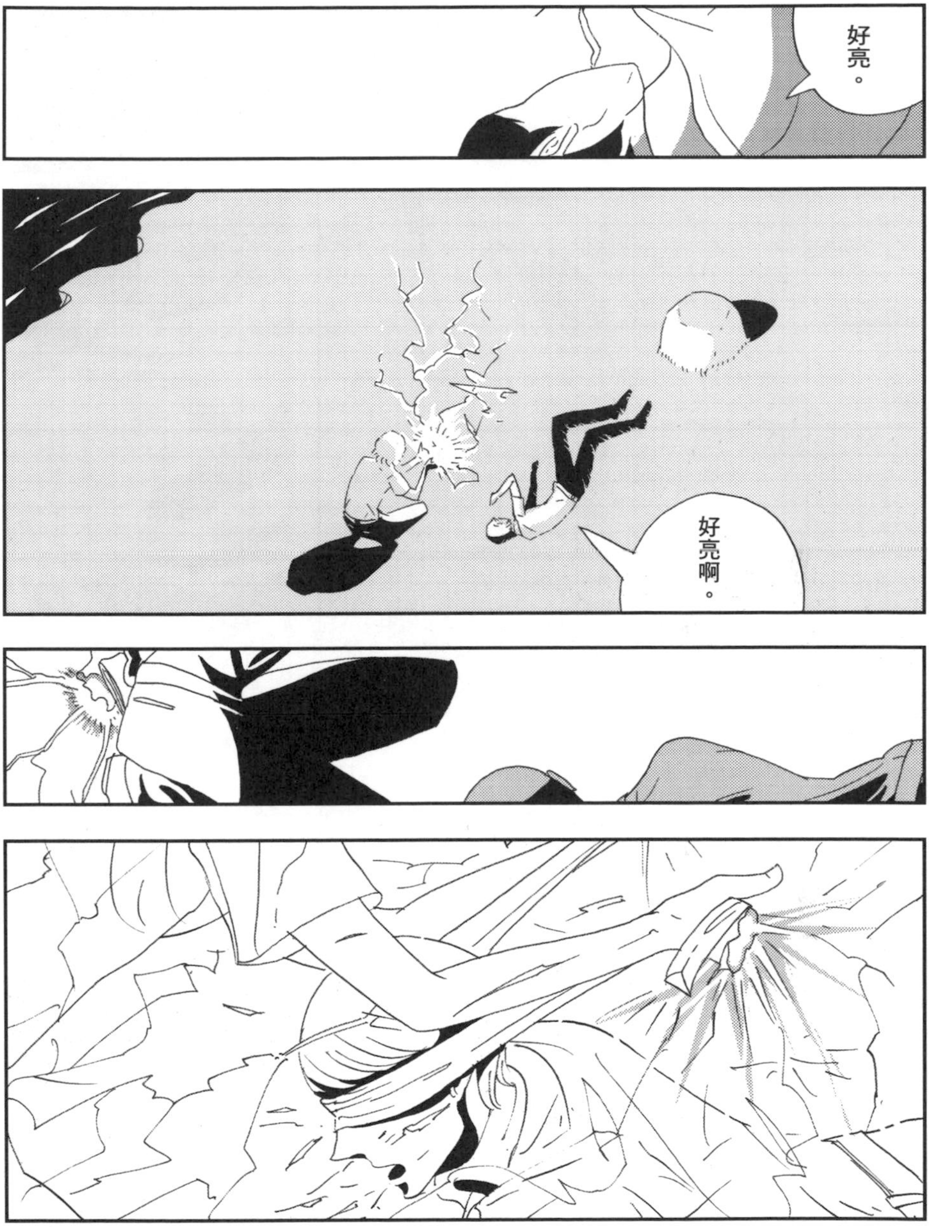
好亮。
好亮啊。

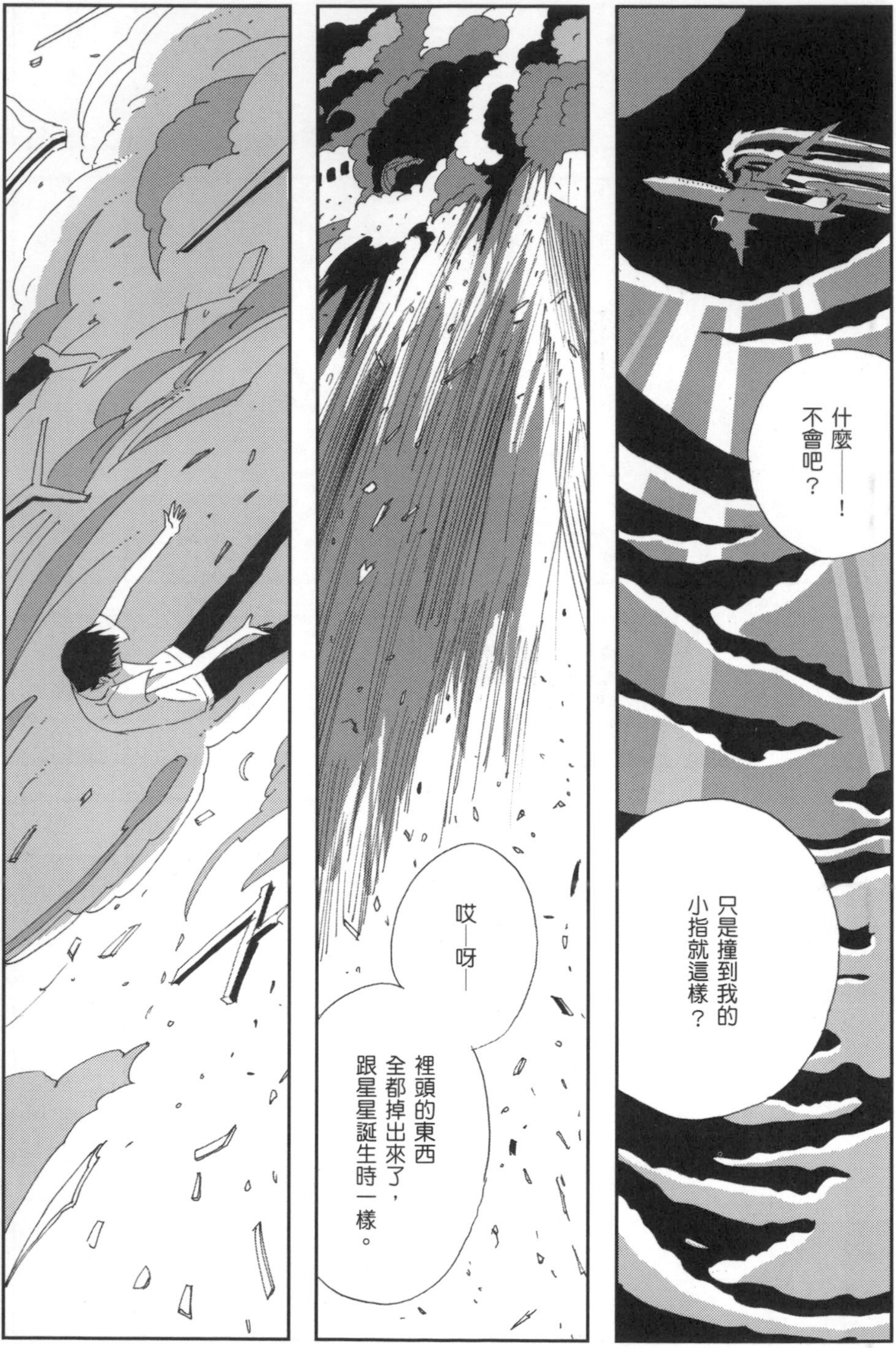
什麼——！
不會吧？
只是撞到我的小指就這樣？
哎——呀——
裡頭的東西全都掉出來了，跟星星誕生時一樣。

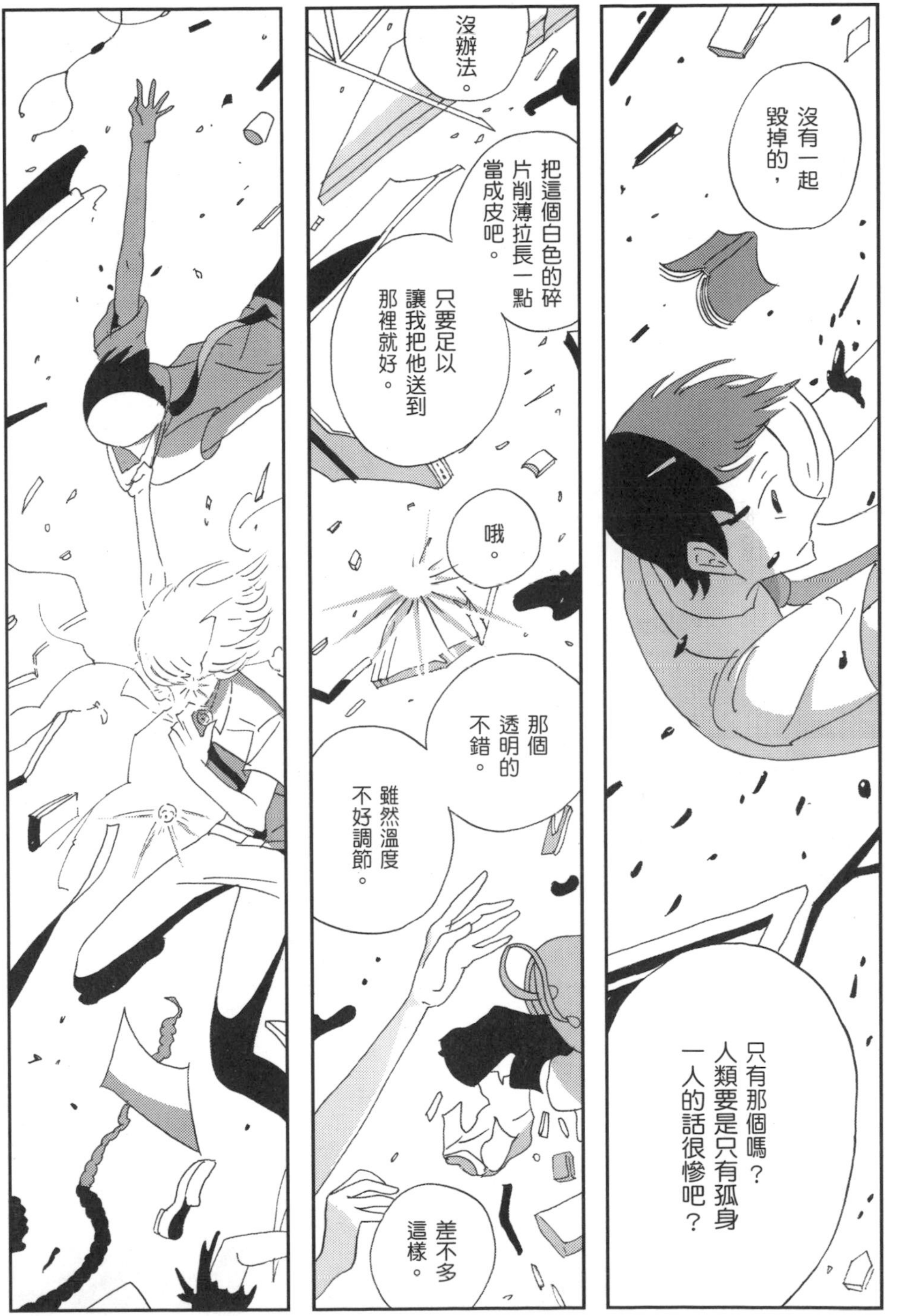
沒有一起毀掉的，
只有那個嗎？人類要是只有孤身一人的話很慘吧？
沒辦法。
把這個白色的碎片削薄拉長一點當成皮吧。
只要足以讓我把他送到那裡就好。
哦。
那個透明的不錯。
雖然溫度不好調節。
差不多這樣。

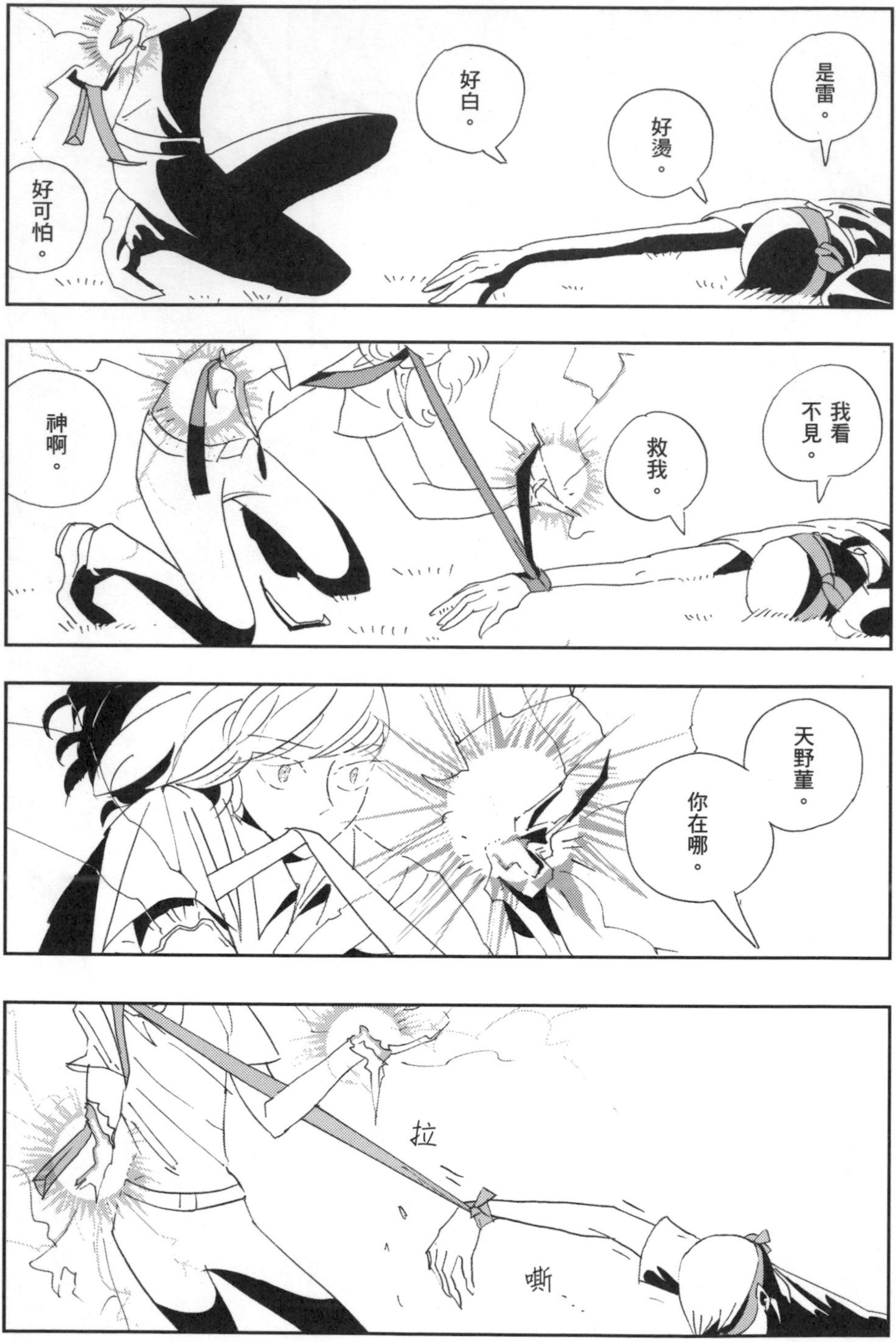
是雷。
好燙。
好白。
好可怕。
我看不見。
救我。
神啊。
天野菫。
你在哪。
拉
嘶…

我在你身邊。

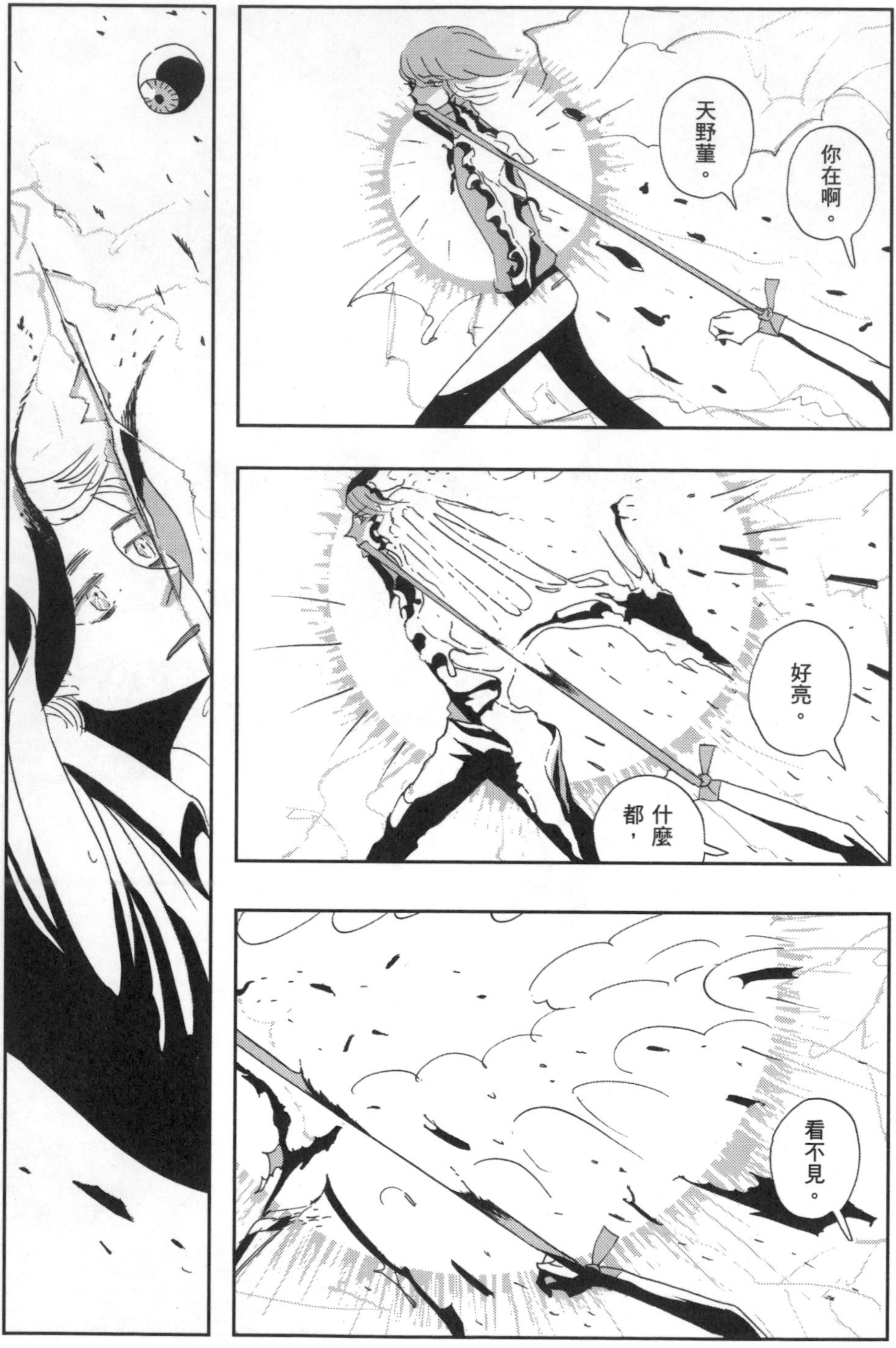
你在啊。
天野菫。
好亮。
什麼都，
看不見。

倒下

天野堇。
嘿。
天野堇。
天野堇。
你在哪？
……啊啊。
他，
去前面探路了吧。

什麼嘛，嚇到我了。
你要就就先跟、
我、
踩空

什麼啊，
原來你在
那裡。
我，
立刻，
去你那。
（啪滋）

（緊握）

（剝落）

(啪滋)

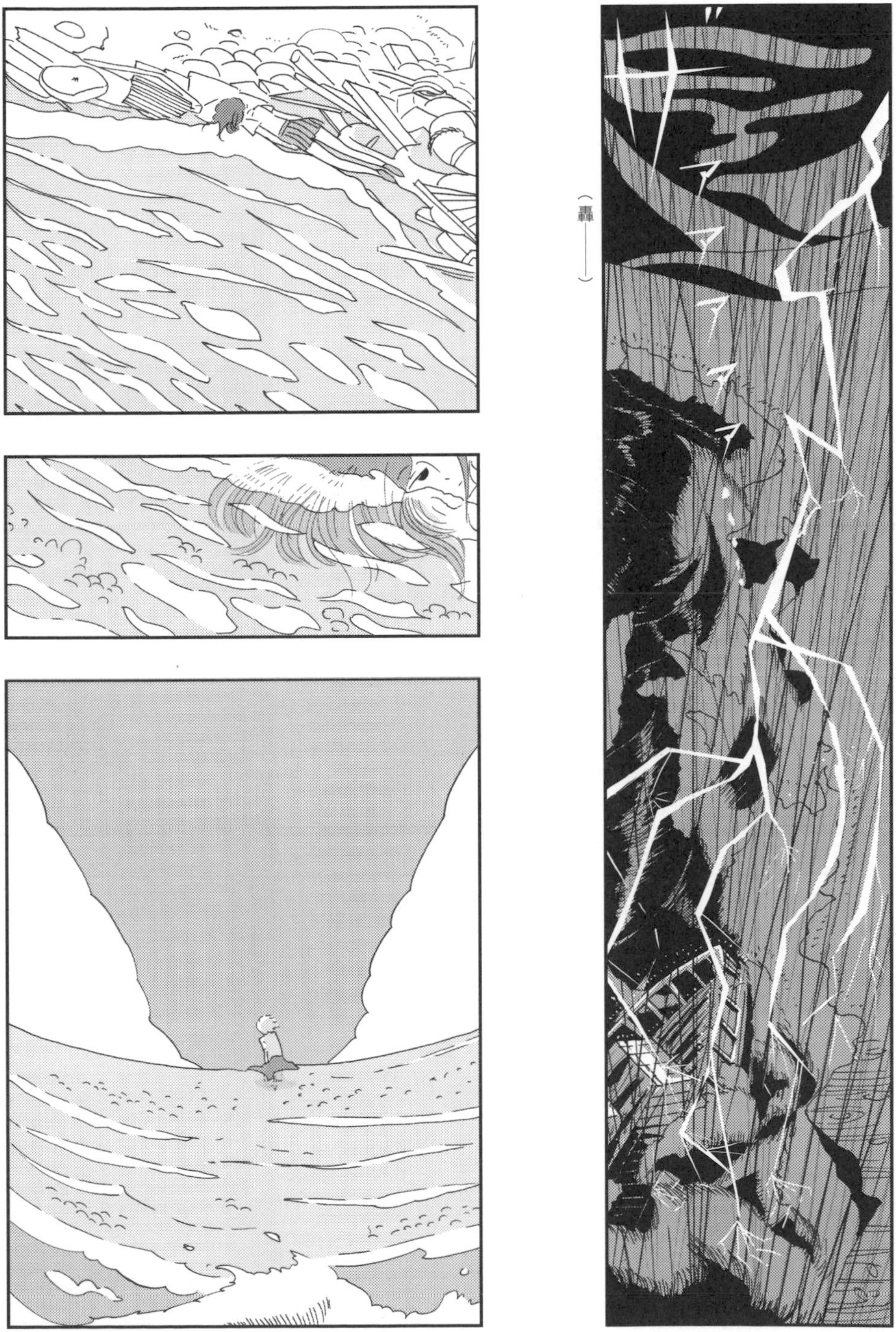
ザァァァァァ
（轟——）

船遇到暴風雨沉了。
不過還好燈塔就在附近。

妳先走吧。

〔紫外線〕　終

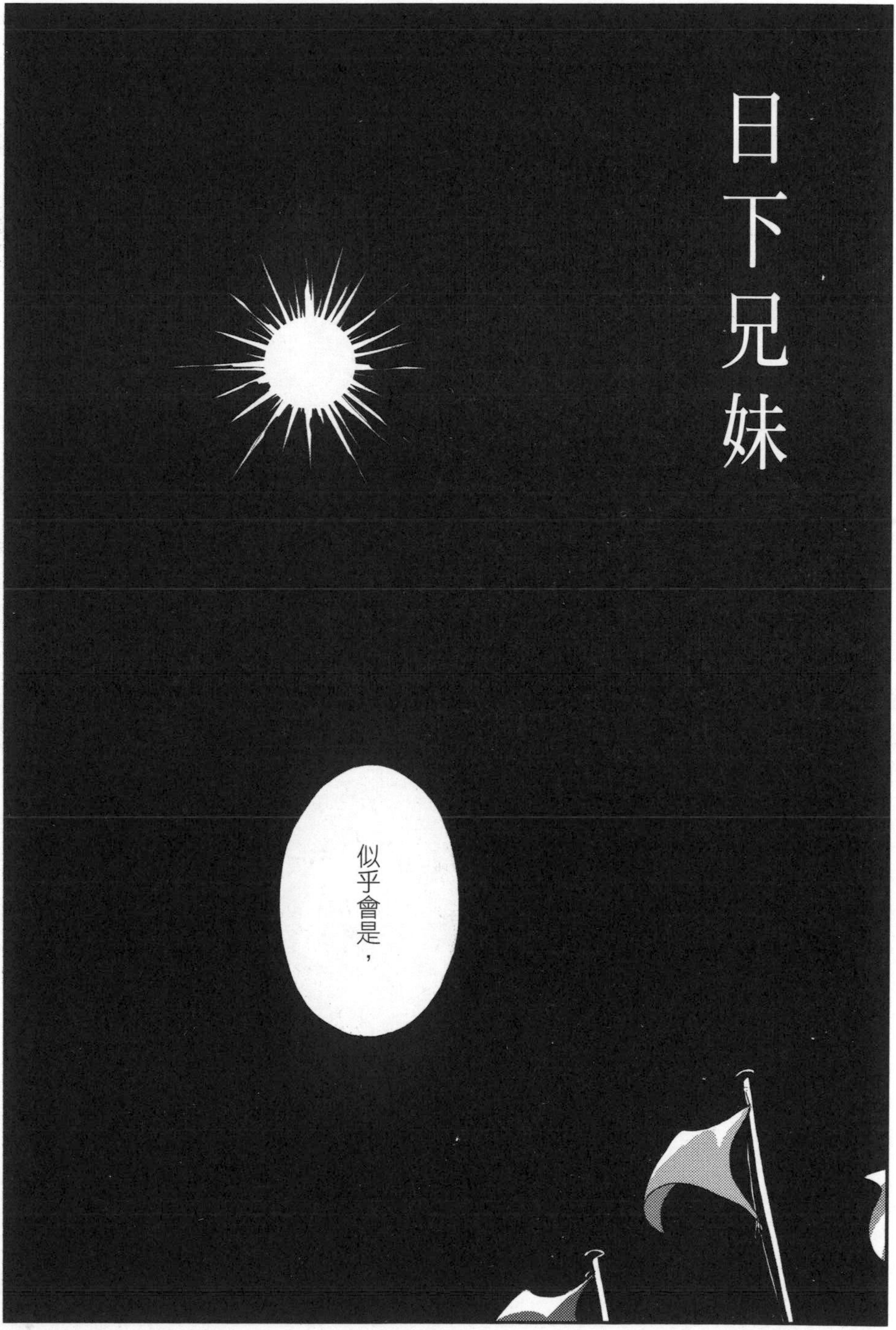
日下兄妹
似乎會是，

（啪）

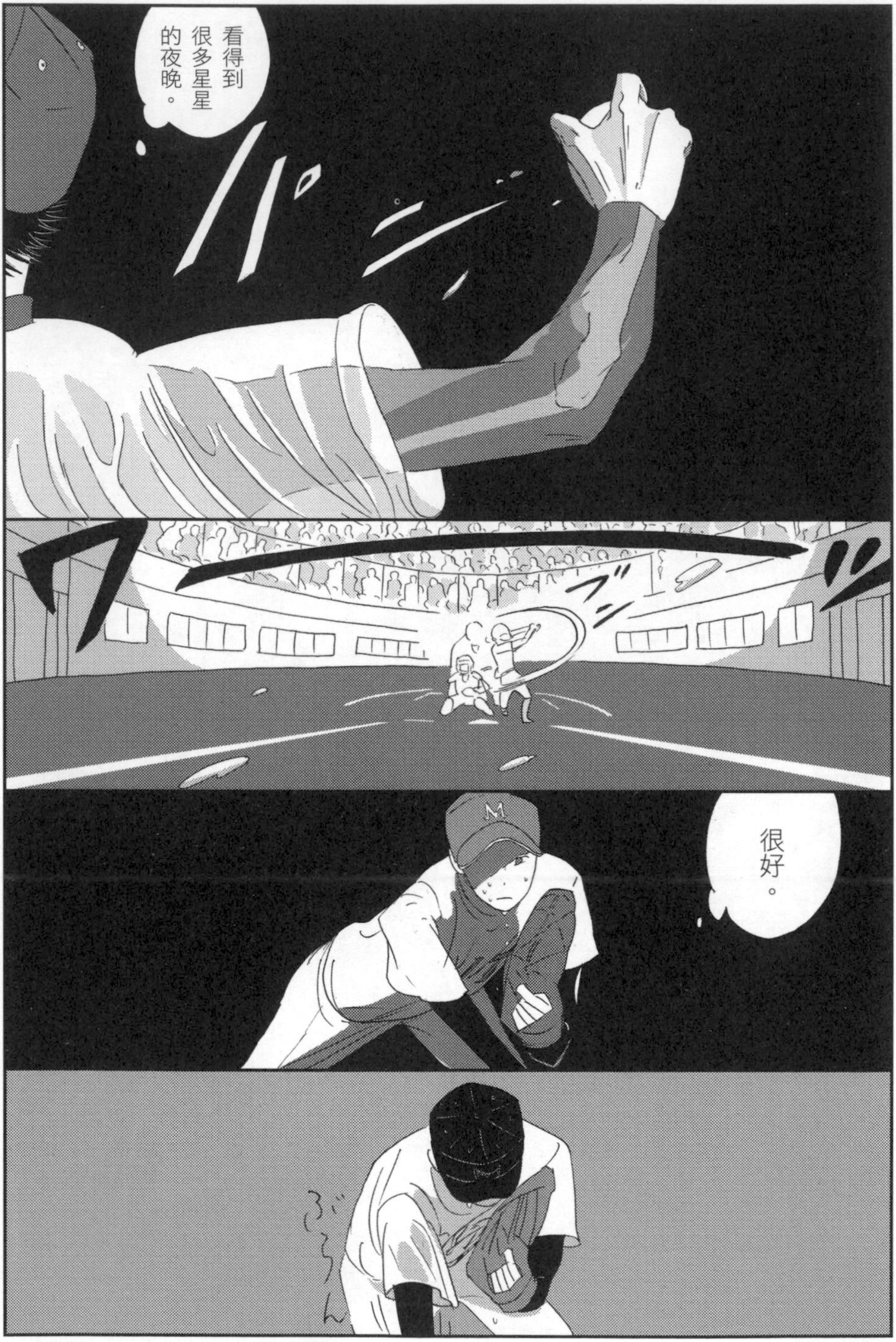

（哇——）（揮棒）

（癱軟）

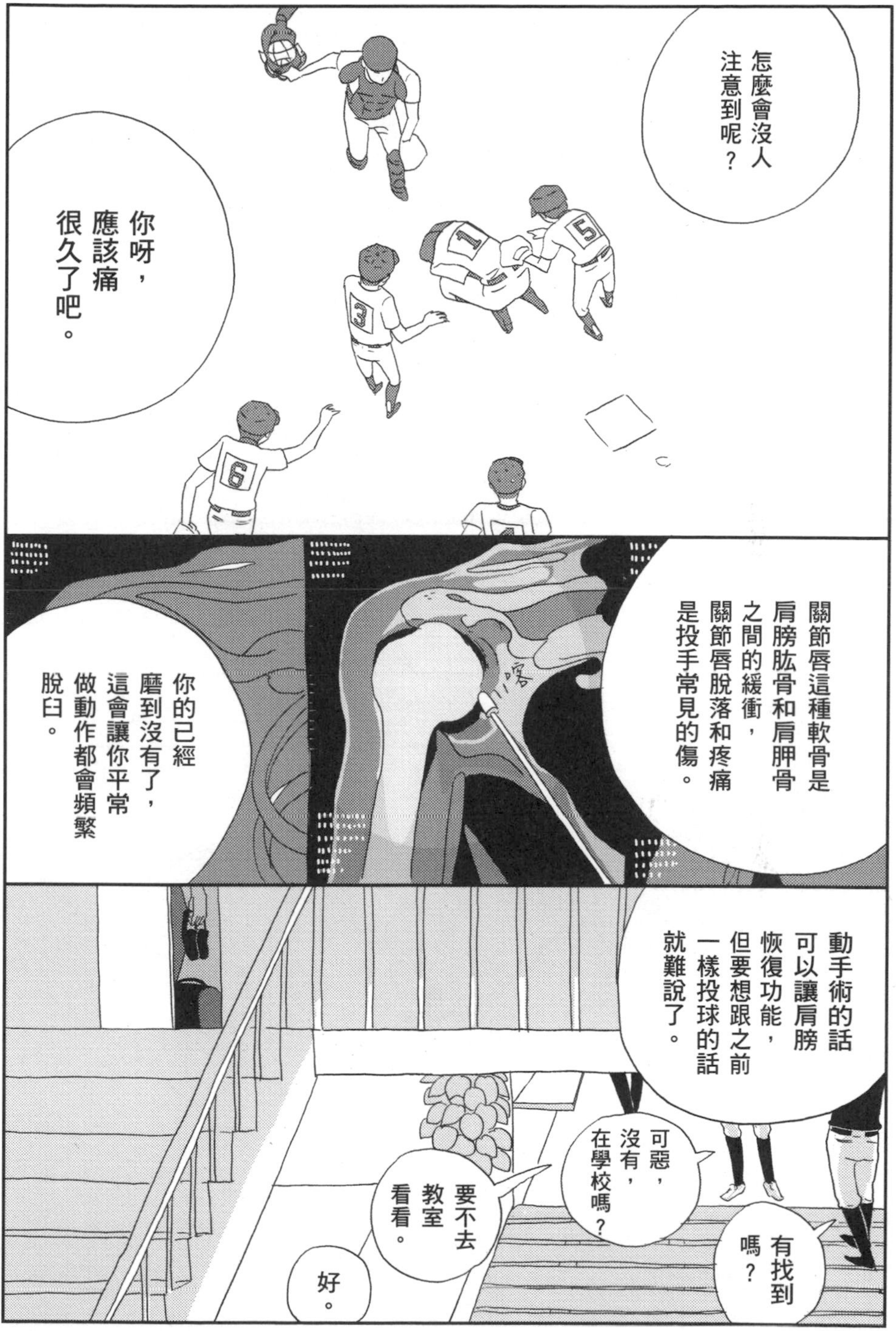
怎麼會沒人注意到呢？
你呀，應該痛很久了吧。
關節唇這種軟骨是肩膀肱骨和肩胛骨之間的緩衝，關節唇脫落和疼痛是投手常見的傷。
你的已經磨到沒有了，這會讓你平常做動作都會頻繁脫臼。
動手術的話可以讓肩膀恢復功能，但要想跟之前一樣投球的話就難說了。
有找到嗎？
可惡，沒有，在學校嗎？
要不去教室看看。
好。

棒球
升學
昧田高校青望宿舍櫃台
竹下舍監。
多謝你照顧。
日下同學！大家在找你耶。
我宿舍住到今天，要搬回家了。
啊？
你的母親……不是，阿姨跟我們說她從今天開始不會在家。
我一個人沒問題。
再見。
等等！
這樣不好啦，下個禮拜肩膀要動手術啊。
手術不用動了。
誰來一下！
日下同學要走了。

嗯——
硬式棒球
退社
九月 日 二年
嗯？
喀啷
（日下古董店）
古道具 くさか
客人嗎……不是。
外出採購 9/20～9/30 臨時停業
日下

特價
未修理
瑕疵品
特價
5,000
有裂痕
有缺角
裂痕
待在這的話，我也可以拿來賣。
瑕疵
特價
（跳）
你啊，哪裡壞了？
喀噠
我嗎？肩膀。
喀噠
喀噠
喀噠
啪嚓
ピン
すっぽん
（打開）

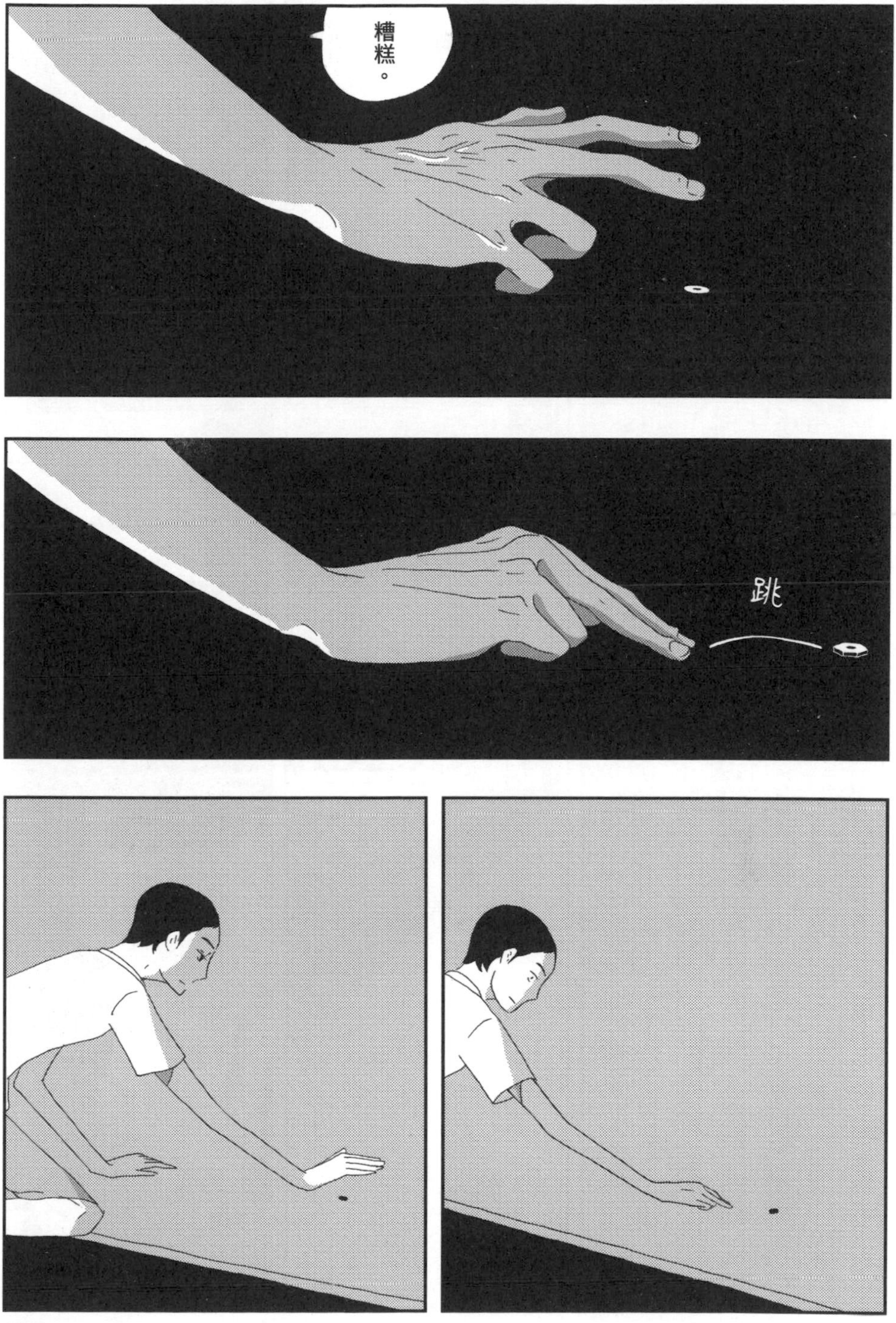
糟糕。
跳

喀噠喀噠喀噠
喀噠
喀噠
喀噠
跳
跳
跳
跳

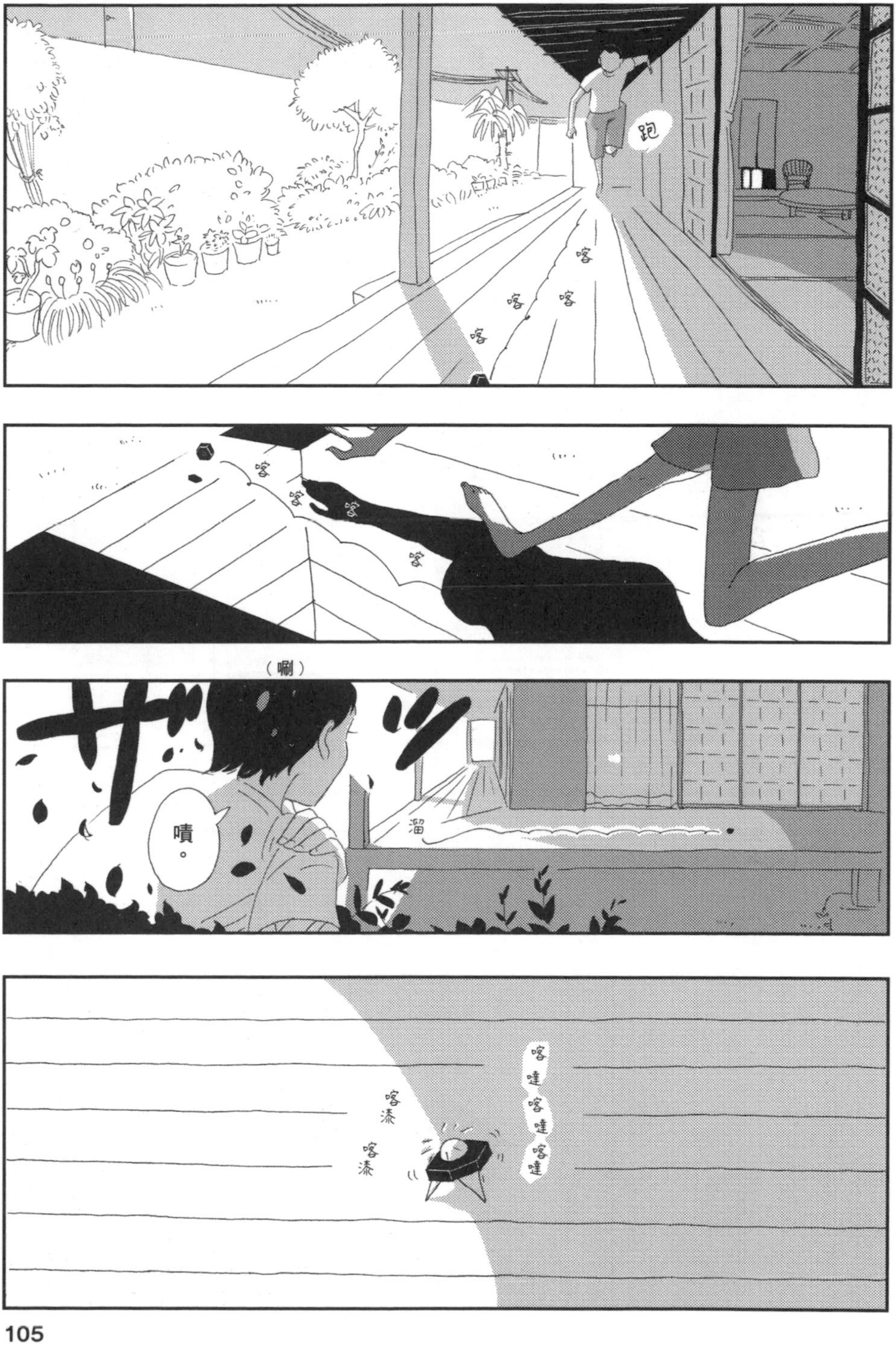
跑
喀
喀
喀
喀
喀
喀
喀
喀
（唰）
嘖。
溜
喀嗟喀嗟喀嗟
喀漆
喀漆

（拍）
喀噠
（拍）
喀噠
喀噠
特盛
大盛
（拍）
溜——

ダッダッダッダッダッダッダッ
退社
（噠噠噠噠噠噠噠噠）
阿雪！
日下雪輝！
ガラッ
（喀啦）
下午兩點有新隊伍和三年級生最後的聚會，我不是叫你至少要出席這場嗎！
學長，對不起，我走了。
啊！
秀
你以為我會答應嗎！
快去動手術！
動了好像也回不去喔。
怎麼可以放棄呢！你不來練球的話隔壁女子大學就不會來看了！你可是唯一一位被職業球探注意的，怎麼可以不跟模特兒或女演員結婚呢！
一堆事情要拜託你啊！
請不要把你們個人的夢想寄託在我身上!!

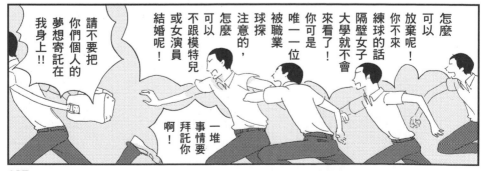

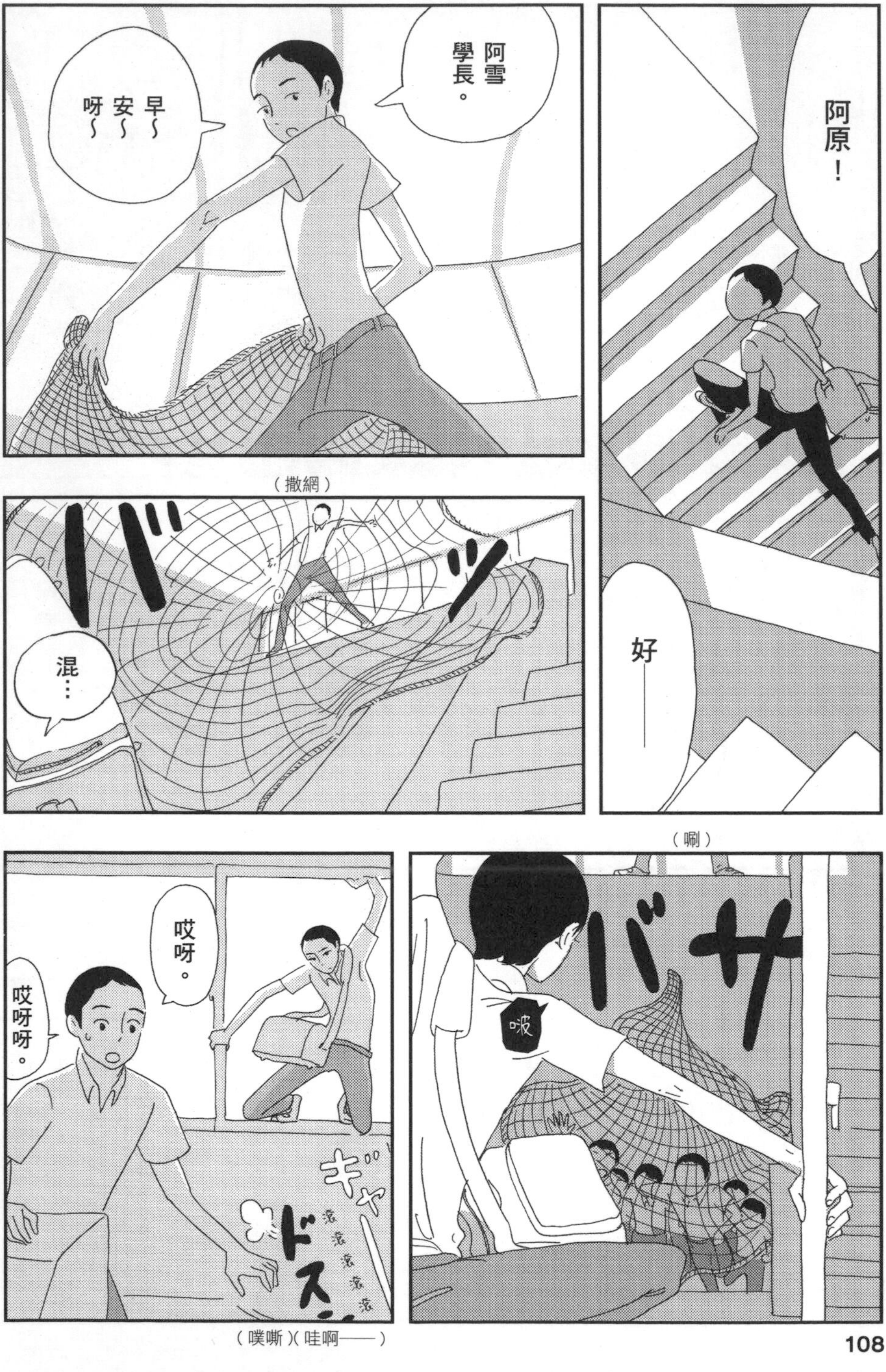

阿原！
好——
（唰）
阿雪學長。
早～安～呀～
（撒網）
バッ
混…
バサ
啵
哎呀。
哎呀呀。
ギャ
ドス
滾滾滾滾滾
（噗嘶）（哇啊——）

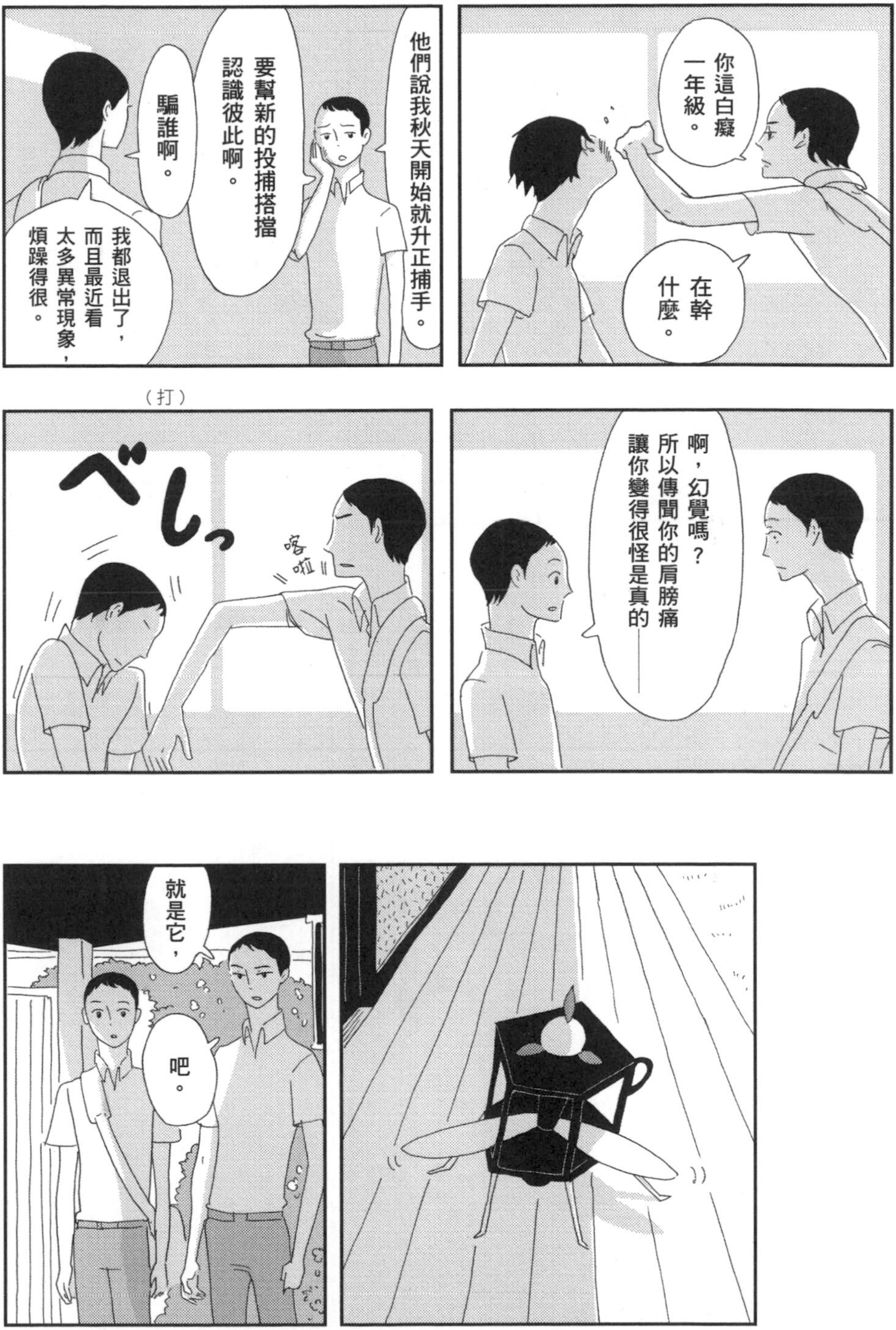
你這白癡一年級。
在幹什麼。
他們說我秋天開始就升正捕手。
要幫新的投捕搭擋認識彼此啊。
騙誰啊。
我都退出了，而且最近看太多異常現象，煩躁得很。
（打）
啊，幻覺嗎？所以傳聞你的肩膀痛讓你變得很怪是真的——
べしっ
喀啦
就是它，
吧。

「吧」的意思是？
形狀跟早上不一樣。
定
我已經抓了上千次了。
抓
噠噠噠噠噠噠
捕手的捕是捕獲的捕！衝啊！
是！
這裡太滑了。
好快。
它的速度真的好快啊。
哼嗯。
叫依田學長來吧。
他跑那麼快應該可以。

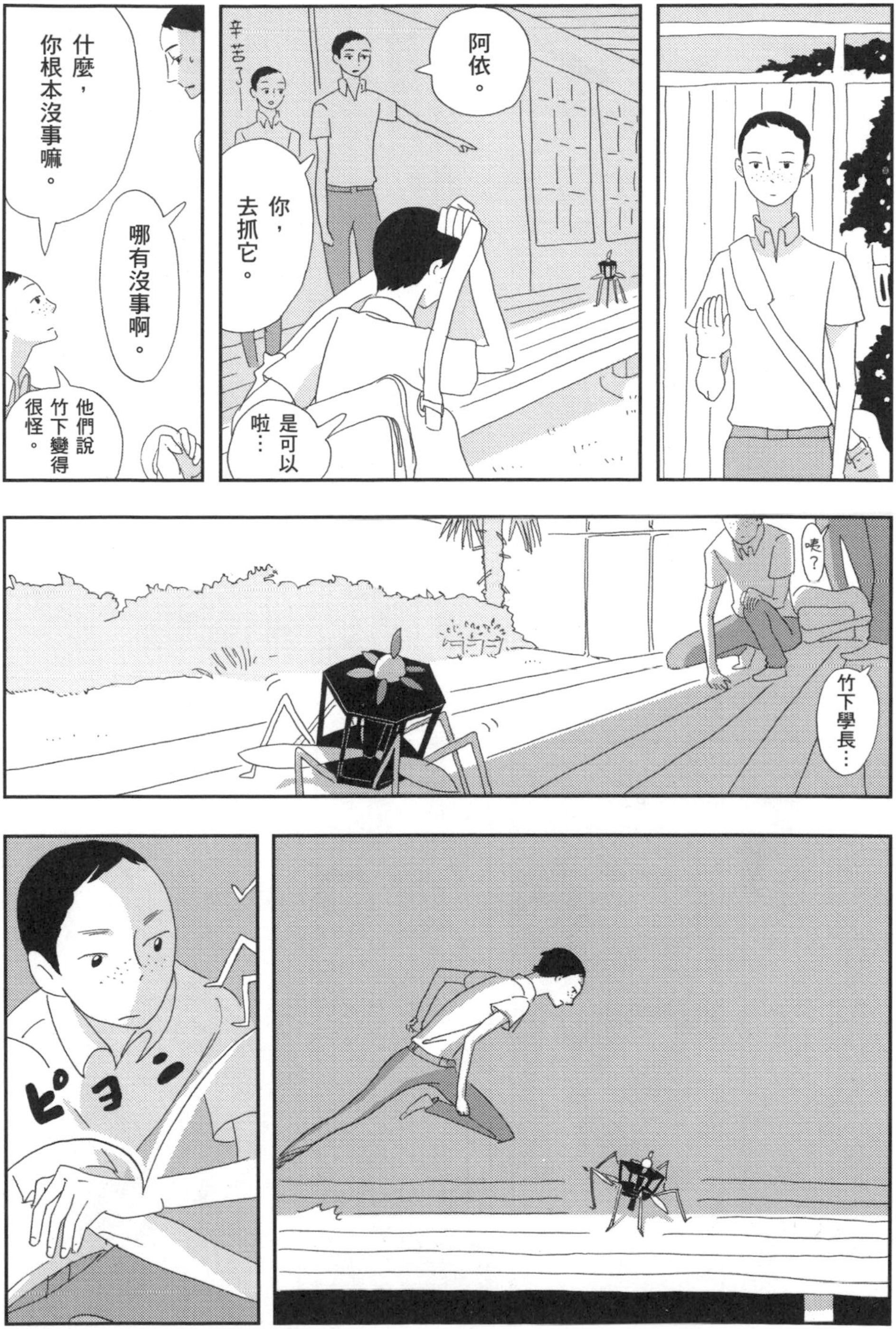
阿依。
你，去抓它。
辛苦了—
是可以啦…
什麼，你根本沒事嘛。
哪有沒事啊。
他們說竹下變得很怪。
咦？
竹下學長…
ピョこ
（溜）

阿依，不錯唷！
喀喀
喀
喀
喀
噠
噠
噠
（磅）
（抓緊）
ぎゅっ
喔喔。
用腳攻擊！
ビィー
ビィ
（嗶——）
（嗶——）
喀漆
喀漆
喀漆
ブィ
咕嚕 咕嚕 咕嚕 咕嚕 咕嚕 咕嚕 咕
（嗶——）
ブィー
喀嚓
喀嚓
喀嚓
（嗶——）

喀 嘟
啊！
ブンッ
（丟）
咦？
你把它傳回本壘幹嘛啦！
終於。
那裡與其說是本壘其實是廁所。
呼——
啊！
ガチャ
（喀嚓）
門被鎖起來了！
很皮耶。
不是有梯子嗎…
你還在氣我撒網的事嗎？

應該是這附近⋯⋯
喂。
啊，阿雪。
喔，阿竹。
怎麼了，來找我幹嘛？
有話要跟你說。
是想來說服我嗎？
是啊，你站在那直接聽我說也可以啦，聽好。
直接站在這聽我會很困擾！
有個傢伙比我更需要被說服喔。
哦，是誰啊？
誰被困在廁所裡了？
嗯——
那什麼反應。
總之你就把它當成附近的小孩。
了解。

給我們的大王牌日下雪輝……家附近的小孩。
謝謝你給了我們充滿熱情的夏天，是的，我們能在縣內選拔賽得到第二名都是因為有你。
我很擔心我們的新隊伍。
那傢伙變主將了。
幸好沒讓他在家外頭讀信。
希望你不要把自己關在家…我是說廁所，來跟我們一起同樂…
喀嚓
啊。
那段！再唸一次！
バタン
給我們的大王牌
（碰）
希望你不要把自己關在廁所，
來跟我們一起同樂。
喀嚓
來跟，
我們，
一起同樂。
碰
衛冕者。
味高秋天的投捕搭擋。
僅限於此。
哇——

（折）
哎呀，搭擋突然分裂了。
ガッ
絕招出現了！阿雪的王子結晶固定！
!?
（喀啦喀啦　喀啦喀啦）
這模仿雪的結晶的手臂形狀真是美呀！
ギリギリ
ギリギリ
的確呀。
哎——呀，脫臼啦！脫臼啦，王子!!
（鬆動）
ぶらん
完全不留情!!
傳聞他一天會脫臼一次。
喀嚓
喝啊！
喀咚
他邊自己把肩膀裝回去…同時把擔心的捕手…揍下去啦!!
折
王牌他愛虐待人是出了名的，不過像這樣就不太知道他是虐待方還是被虐方，他是很有虐待狂的氣質。
……那個到底是什麼呢？
噓。請你再多吸引它一下。
カタ
（喀噠）
喀噠
哦，挑戰的選手還沒嗎？
喀噠
哦，如何呢……嗯，會來嗎……
喀噠
（衝）
バッ

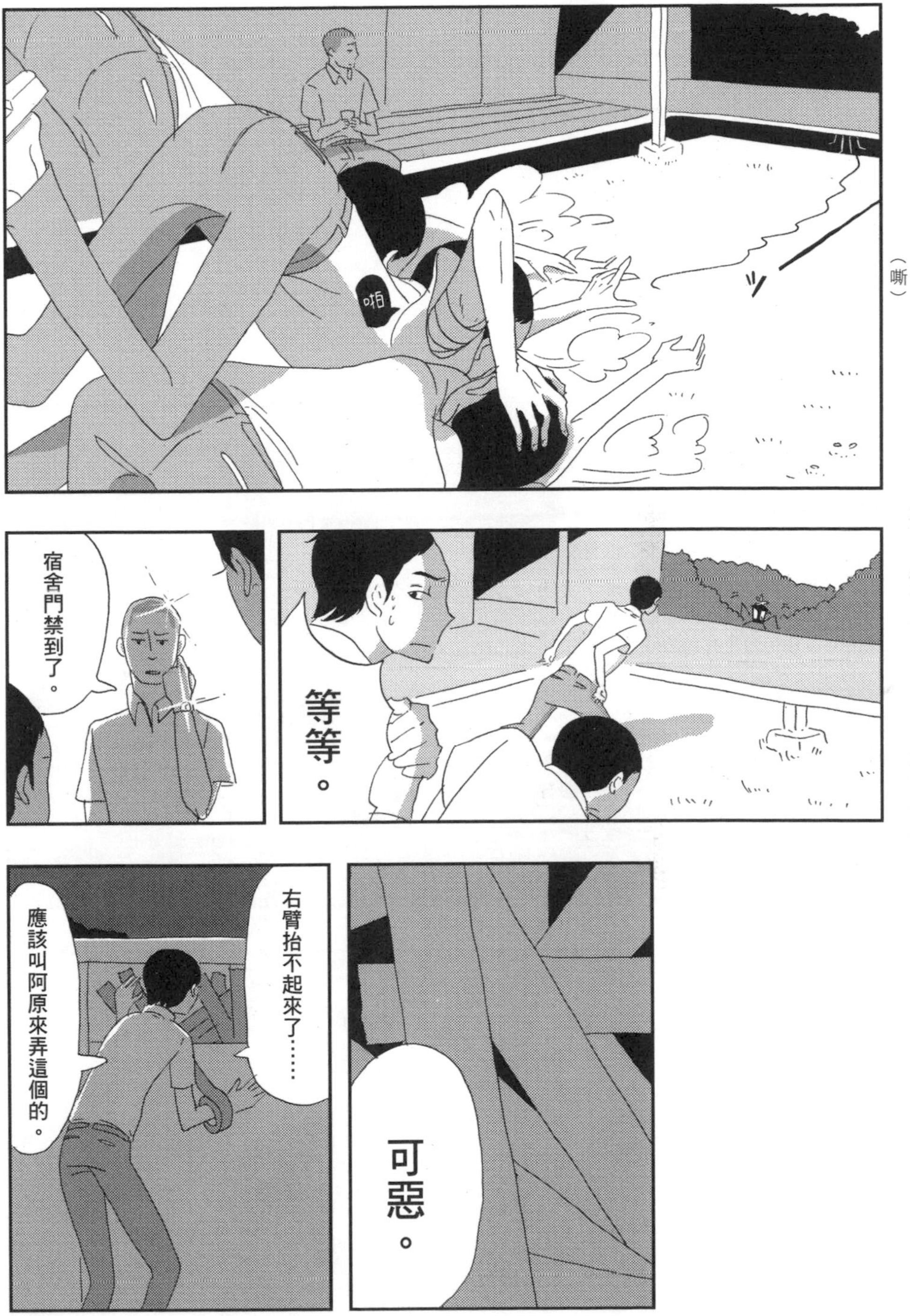
（嘶）
啪
等等。
宿舍門禁到了。
可惡。
右臂抬不起來了……
應該叫阿原來弄這個的。

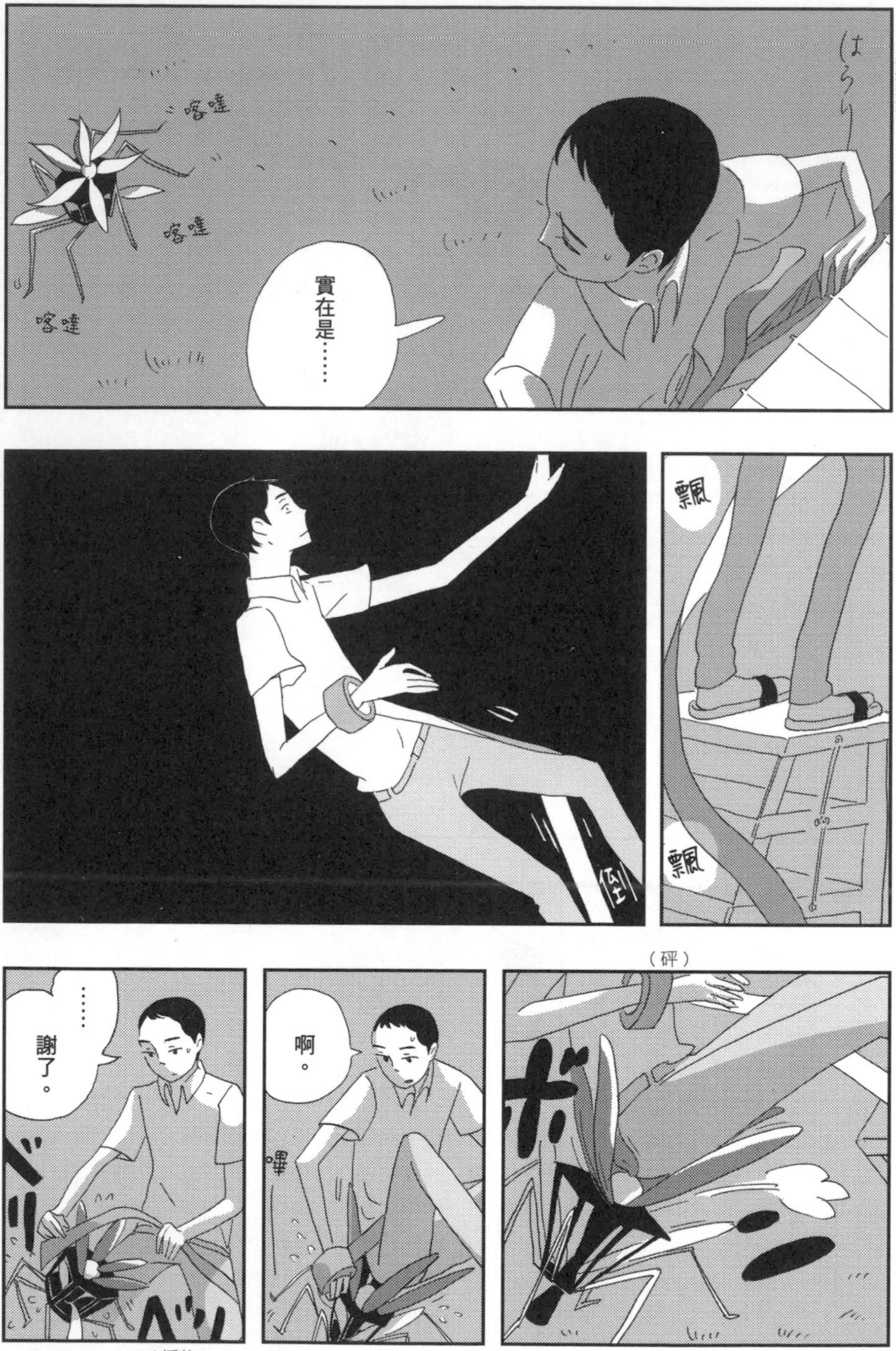
はらり
（掉落）
喀噠
喀噠
喀噠
實在是……
飄
飄
倒
（砰）
嗶
啊。
……謝了。
（掙扎）
（掙扎）

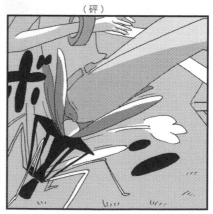

把門窗鎖好。
怪傢伙應該就不會進來了。
……我幹嘛跟世界上最怪的傢伙說這些啊……
（嗚喔）
（踢）
女主播！
跟名人聯誼！
（哇——）
就算他瘋了也沒關係，抓住他!!
ドド
ガッ
你們煩不煩啊!!
……我回來了。
……還是說一下好了…
別弄太亂啊。
這裡可不是我家。
がさ
がさ
（剪）
（剪）
打—擾—囉——

阿原是你啊，怎麼啦？
是我。
抓
抓
明天開始是連假。
秋季大賽吧。
我出來時總教練還哭著拜託我，學長動手術之前都別回宿舍。
什麼?!
我們的總教練是愛哭鬼嘛
所以要把這裡當作基地。
請分給我一點
阿雪學長的虐待能力
（揍）
滾回去。
ガッ
小的駑鈍請多指教。
啊。
又變了耶。
漸漸變大了。
了。
漸——
喀噠
喀噠
呃。
喀噠
喀噠
說話了，還長大了。

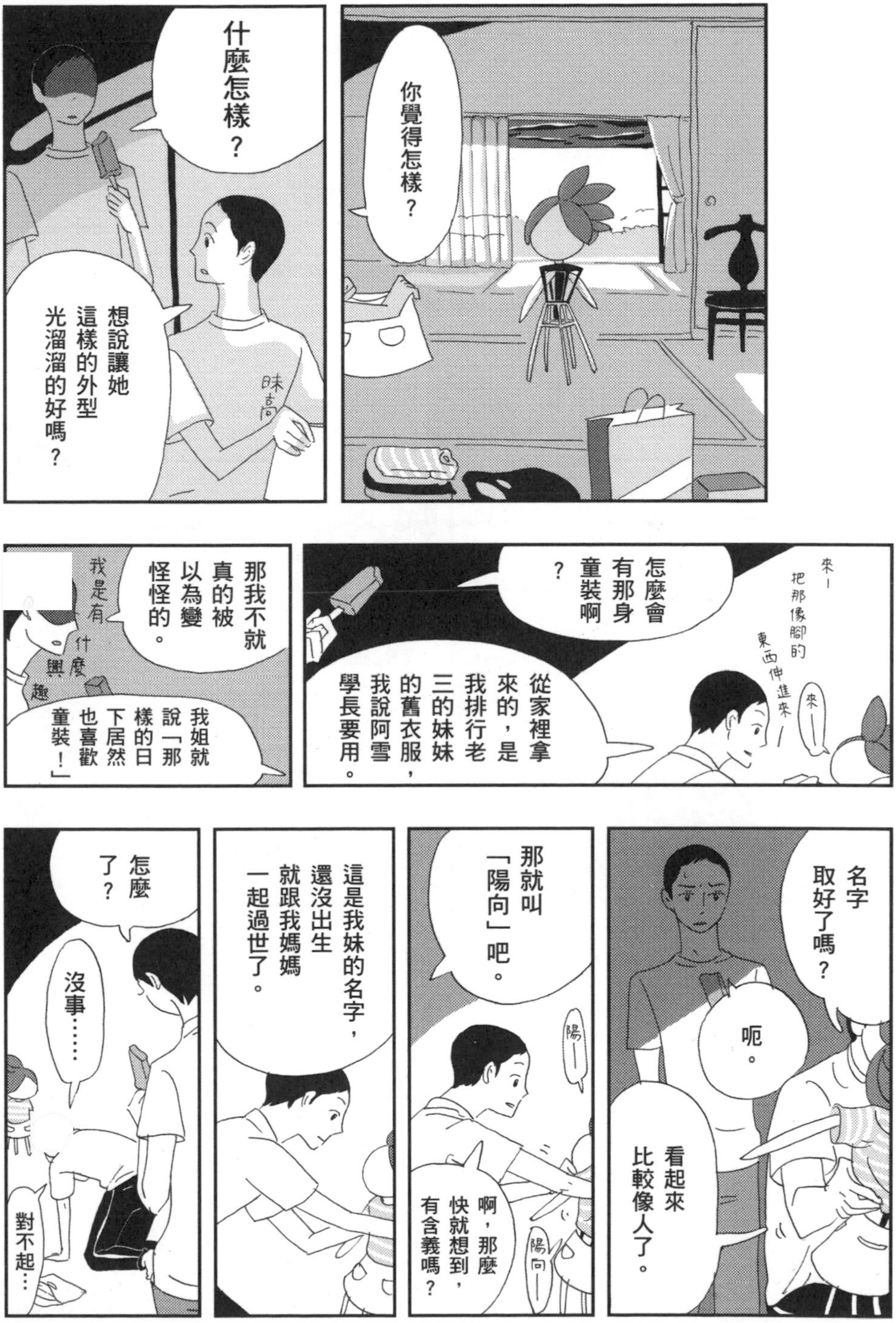
你覺得怎樣？
什麼怎樣？
想說讓她這樣的外型光溜溜的好嗎？
怎麼會有那身童裝啊？
來！把那像腳的東西伸進來
來—
從家裡拿來的，是我排行老三的妹妹的舊衣服，我說阿雪學長要用。
那我不就真的被以為變怪怪的。
我是有什麼興趣
我姐就說「那樣的日下居然也喜歡童裝！」
名字取好了嗎？
呃。
看起來比較像人了。
那就叫「陽向」吧。
陽—
陽向—
啊，那麼快就想到，有含義嗎？
這是我妹的名字，還沒出生就跟我媽媽一起過世了。
怎麼了？
沒事……
對不起…

不知道她認不認得自己？
（翹起）
啊，開心了。
應該不是吧……
喂。陽向。
好，吃飯了。
好～
阿雪學長還會做家事呢～
你啊，身為寺廟的孩子，至少會做寺廟的精進料理吧。
不要——沒有不要——
就算我的角色是妻子，我自己是設定成嫩妻啊～
什麼怪設定！拿掉它！
（嗶——）
啊，冷凍庫裡有好多食材。
ビィ——ン
轉
轉
轉
轉
味噌。
醬油。
哇！是讓我先選的意思嗎？
這次特別。
味噌煮

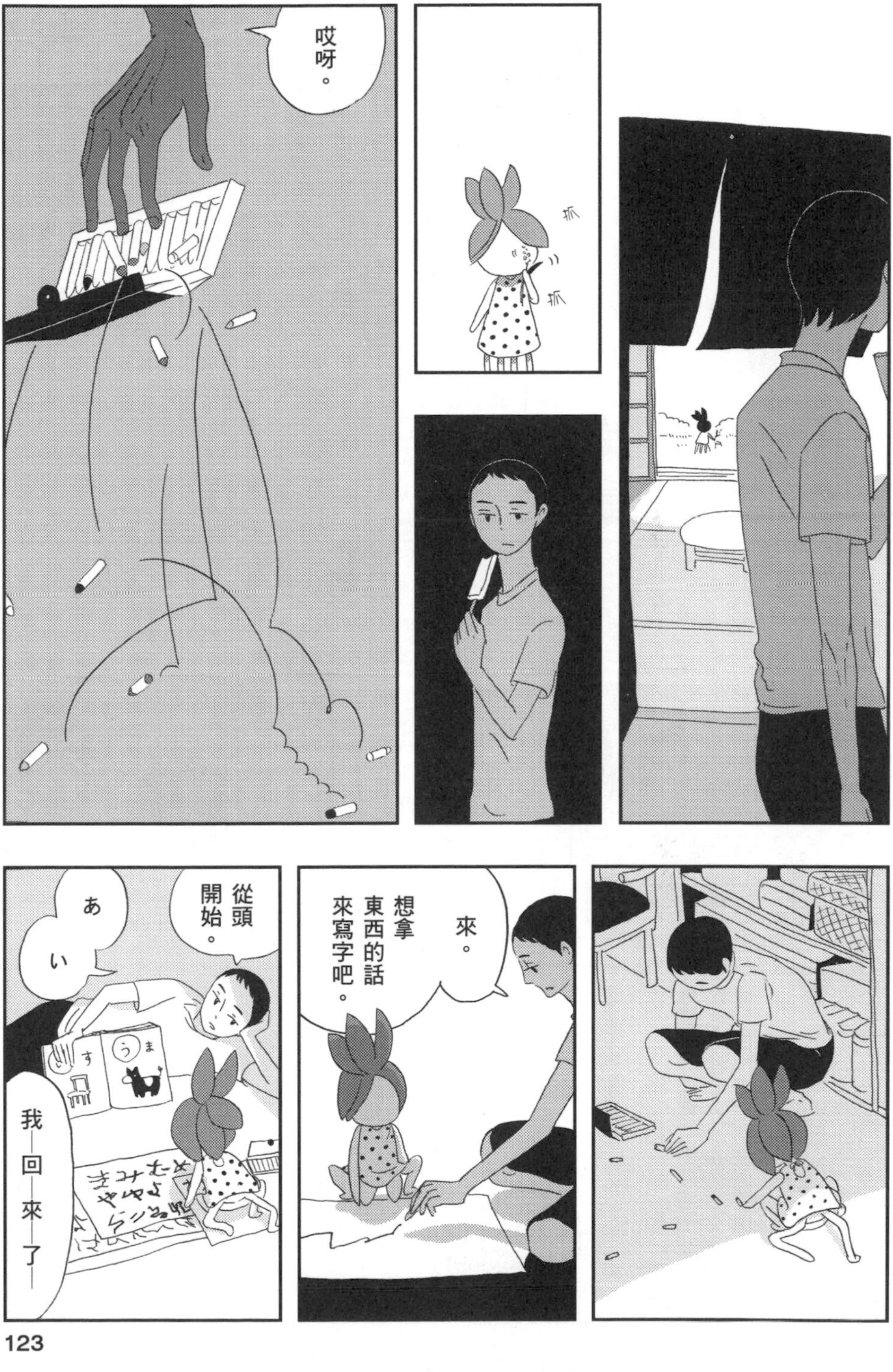
抓
抓
哎呀。
來。
想拿東西的話來寫字吧。
從頭開始。
あい
我—回—來—了——

嗨。依田。
什麼?!
（拍拍）
哇。
愛虐人的王子居然！
你總算還是變怪了。
聽好。
我在當馬。
……
有夠稀奇！
搞不懂現在小孩在想什麼
可以拍嗎？
我拒絕。
這是宿舍送你的慰問禮。
不好意思。
然後我要來唸阿竹寫的信囉。
給我們折翼的王牌。
夠了。
我不懂。
你從以前就都不把話說清楚，好好說明退宿的原因和不動手術的原因吧。
不說的話人家覺得你愈來愈怪也是沒辦法啊。
就算不是這樣你也很容易讓人擔心。

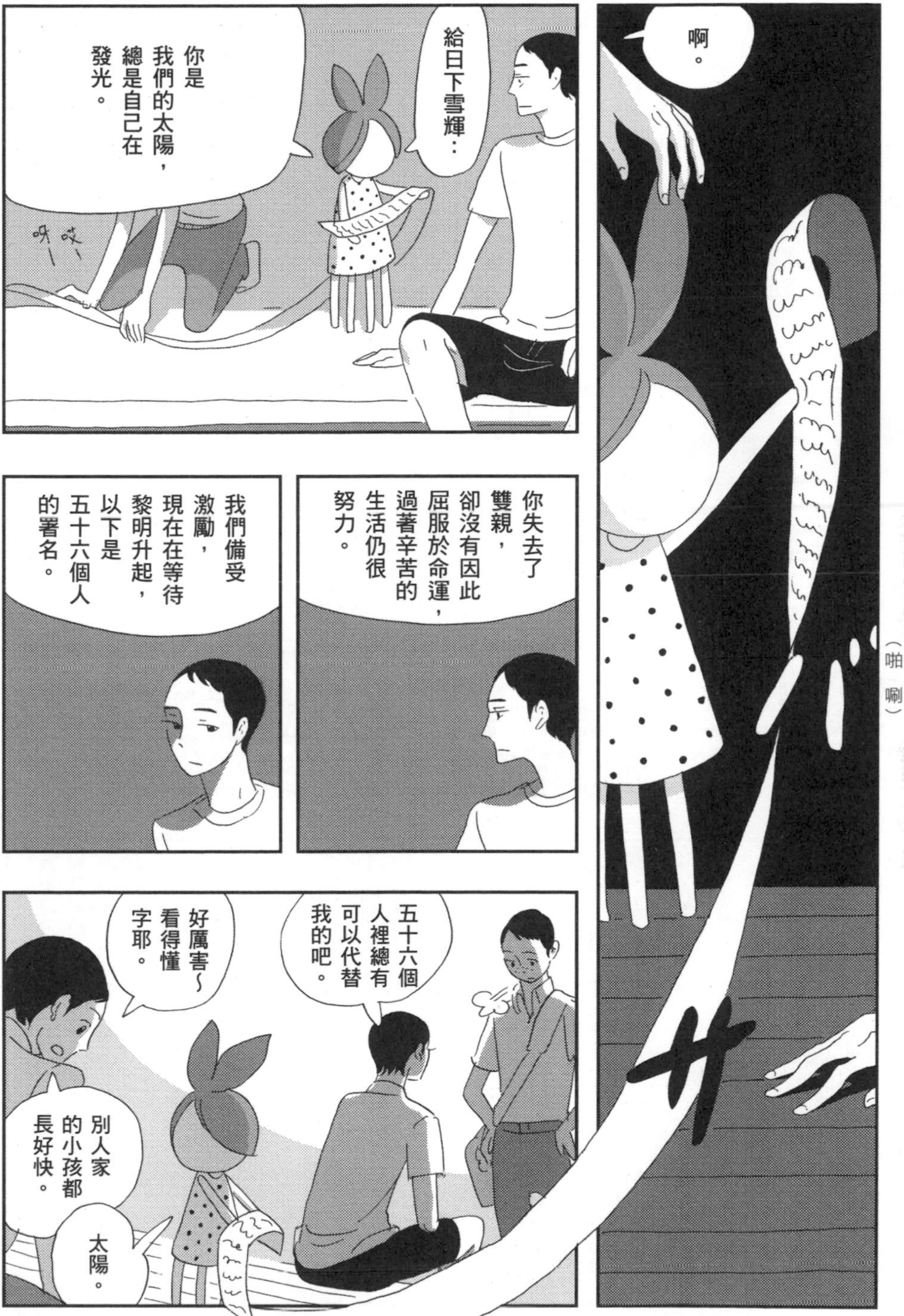

啊。
（啪唰）
給日下雪輝……
你是我們的太陽，總是自己在發光。
你失去了雙親，卻沒有因此屈服於命運，過著辛苦的生活仍很努力。
我們備受激勵，現在在等待黎明升起，以下是五十六個人的署名。
五十六個人裡總有可以代替我的吧。
好厲害～看得懂字耶。
別人家的小孩都長好快。
太陽。

太陽是那個。
ピク
不可以直接看它唷。
嗶嗶嗶
嗶嗶嗶
嗶嗶嗶嗶
啊。妳沒有眼睛。
說起來，
我們終究還是腐化了，在這裝著多樣果實的孤獨籃子裡。
我們透過細小的網狀縫隙看到稱之為「世界」的景色，在那缺口以眼睛、鼻子、嘴巴、耳朵還有性器官與他人交流。
啊啊，別這樣，五郎先生，在這裡會被父親發現。
改唸這個。
365日のおかず

（抬頭）

（365 天的菜餚）

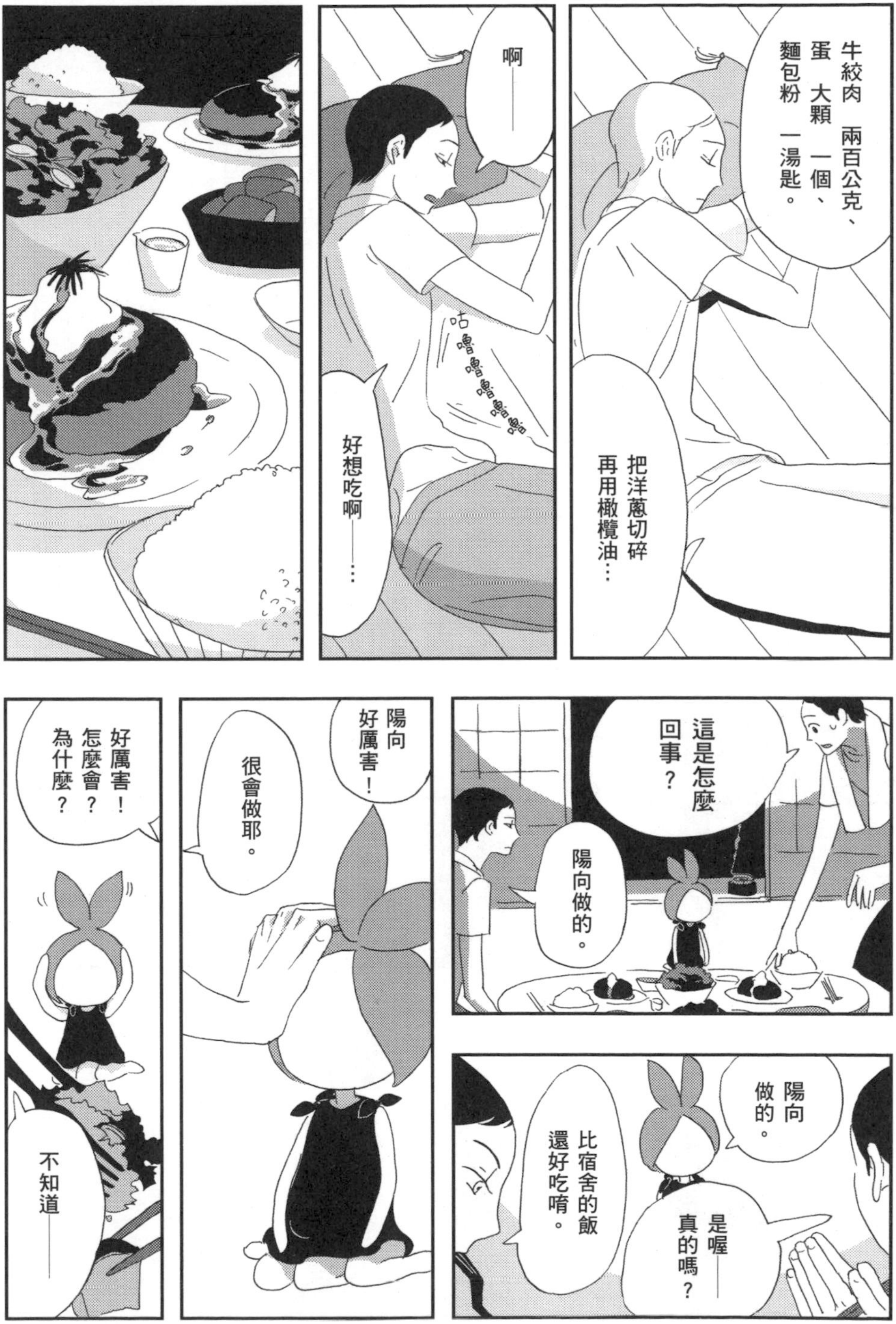
牛絞肉 兩百公克、
蛋 大顆 一個、
麵包粉 一湯匙。
把洋蔥切碎
再用橄欖油……
啊——
咕嚕嚕嚕嚕嚕
好想吃啊——……
這是怎麼
回事？
陽向做的。
陽向
做的。
比宿舍的飯
還好吃唷。
是喔——
真的嗎？
陽向
好厲害！
很會做耶。
好厲害！
怎麼會？
為什麼？
不知道——

ボリ ボリ
陽向。
啊——……不用這樣忙東忙西的。
做點喜歡的事吧。
書呢？
不喜歡？還是沒得看？
沒得看。
這樣啊……

南市民圖書館
好像喬裝不讓人發現的女演員。
好，這樣就沒問題了。
看到妳過癮為止。
運動
(咻—— 咻——)
運動
しゅ
しゅ
バッ
(啪)
竊竊
私語
那小孩…？
竊竊
哇，真的耶。
私語

在圖書館短路了。
是喔——!?
沒事嗎？
因為一直看書吧。
來去運動一下。
咻
（沙沙）
ザザ
（磅）
ポ
ッ
ザザ
（沙沙）

啊～
很好，
全壘打。
只看得到牛郎和織女而已。
那是什麼？
是星星。
原來你懂星星啊？好浪漫～
吵死了。

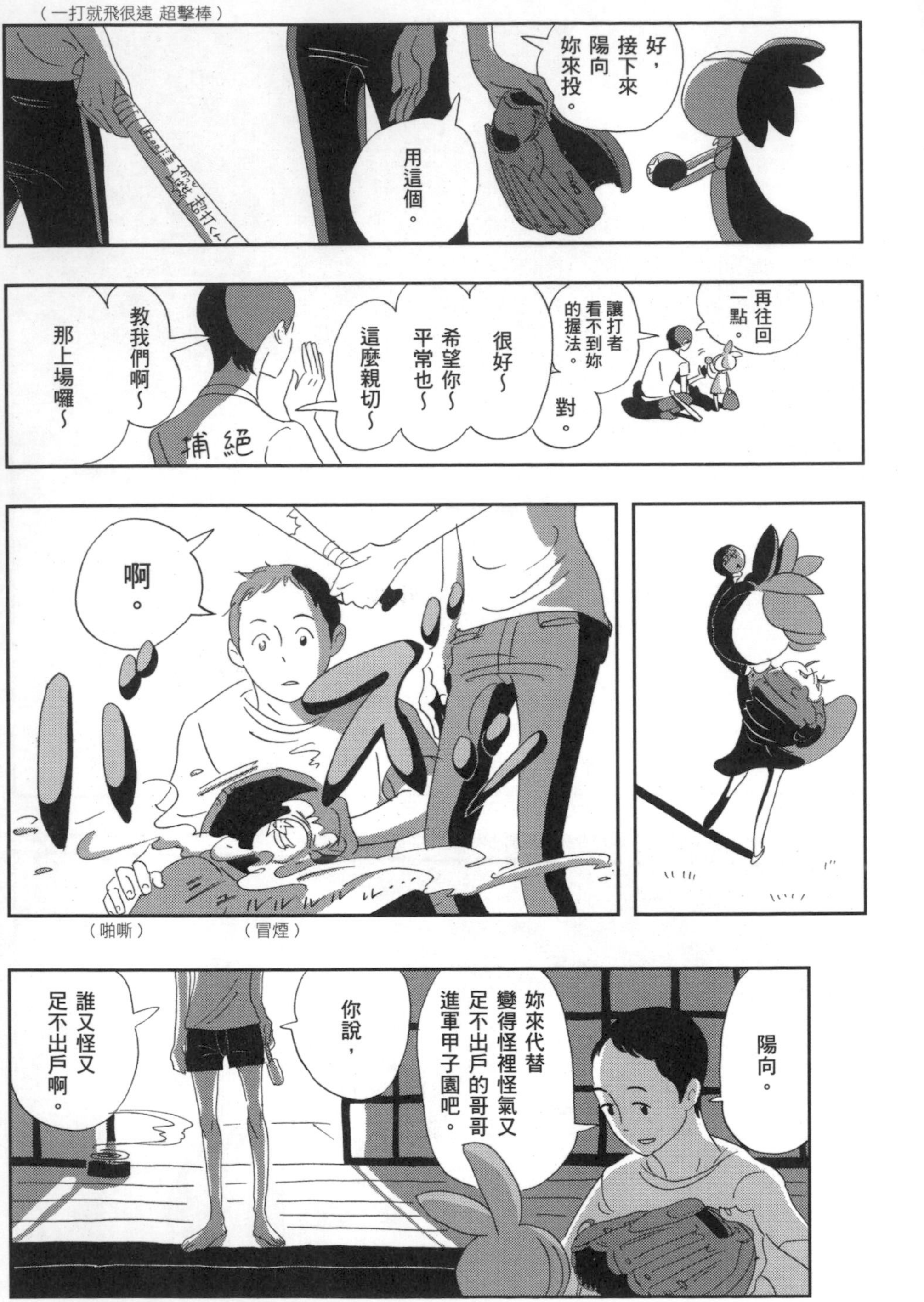

（一打就飛很遠 超擊棒）
好，接下來陽向妳來投。
用這個。
再往回一點。
讓打者看不到妳的握法。
對。
很好～希望你～平常也～這麼親切～
教我們啊～
那上場囉～
捕絕
啊。
（啪嘶）
（冒煙）
陽向。
妳來代替變得怪裡怪氣又足不出戶的哥哥進軍甲子園吧。
你說，
誰又怪又足不出戶啊。

事已至此只能讓陽向偽裝成阿雪學長了！
你會被人家當怪人喔。
是說，你從來我家之後只是吃了陽向做的菜、看電視笑一笑然後睡覺而已不是嗎！回去宿舍！
雪輝好冷漠。祝你吃一堆冰拉肚子。
搖頭搖頭搖頭
要是我不在妳會很寂寞呢。
你白癡啊，我平常就一個人啊。
哇～冰棒王子好冷酷！
抱緊
你犯了不敬之罪，死刑。
（機——）
ジィ
嗯——？

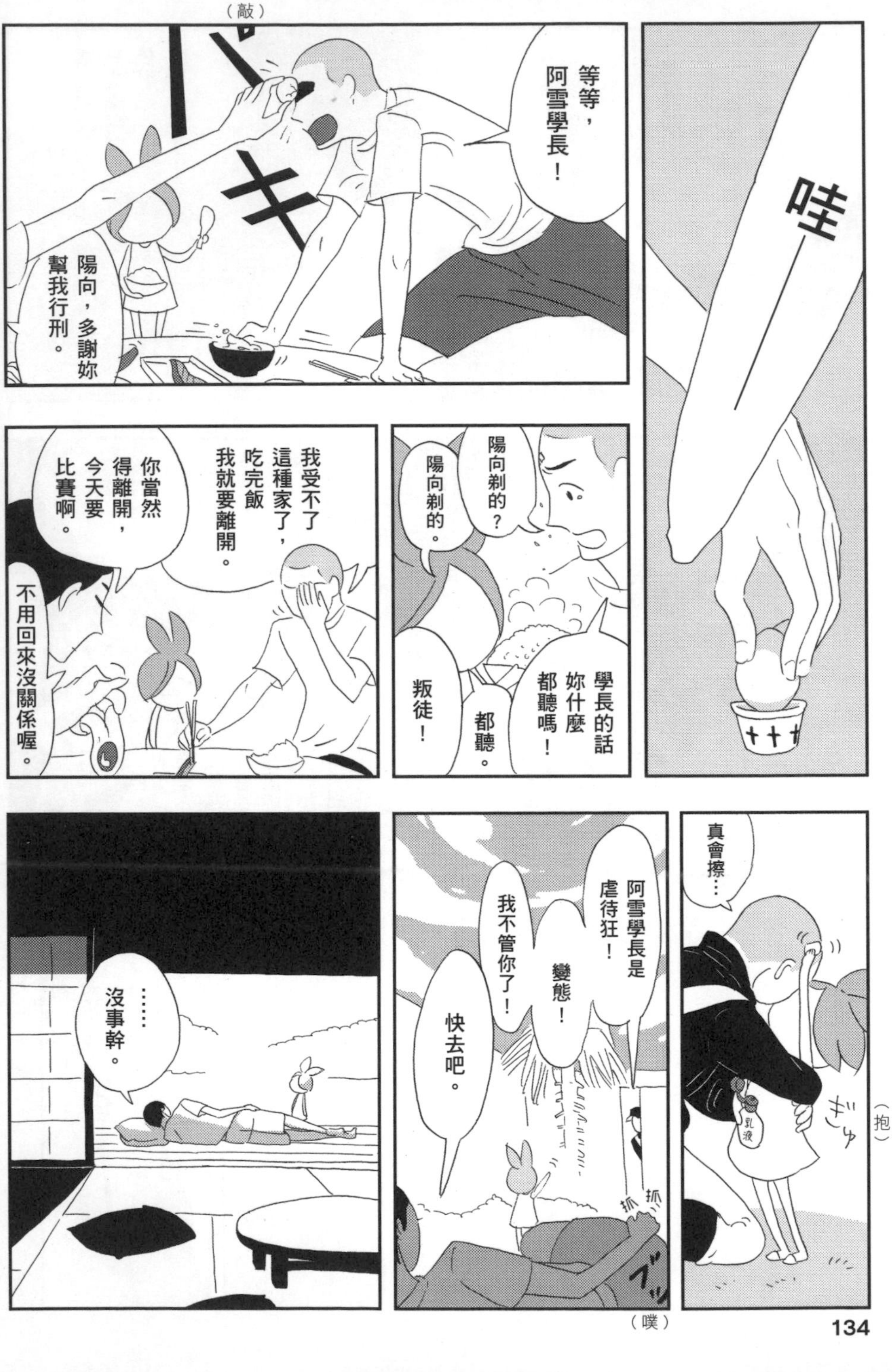

哇——
（敲）
等等，阿雪學長！
陽向，多謝妳幫我行刑。
陽向剃的？
陽向剃的。
學長的話妳什麼都聽嗎！
都聽。
叛徒！
我受不了這種家了，吃完飯我就要離開。
你當然得離開，今天要比賽啊。
不用回來沒關係喔。
真會擦……
（抱）
阿雪學長是虐待狂！
變態！
我不管你了！
快去吧。
抓
抓
（噗）
……沒事幹。

宇宙・科學
很好，還可以繼續看。
哇。
請問是日下同學嗎？
我是。
我有看縣賽的冠軍賽，你的手臂沒事嗎？
沒事。
請加油。
謝謝您。
想不到你會來圖書館呢！
是呀，陪妹妹來。
手臂。
嗯？

手臂？
沒事？
啊啊，妳聽到啦。
我的右肩有……零件不見了。
零件。
使用過度，軟骨磨到沒了。
手臂不太好動。
手臂不好？
要是動手術可能會好就是了……
醫學
呼
用這個。
雖然是阿姨的。
阿姨。
是呀。
阿姨是我媽媽的姐姐的老公的姐姐……說是阿姨其實年紀差不多是阿嬤了。

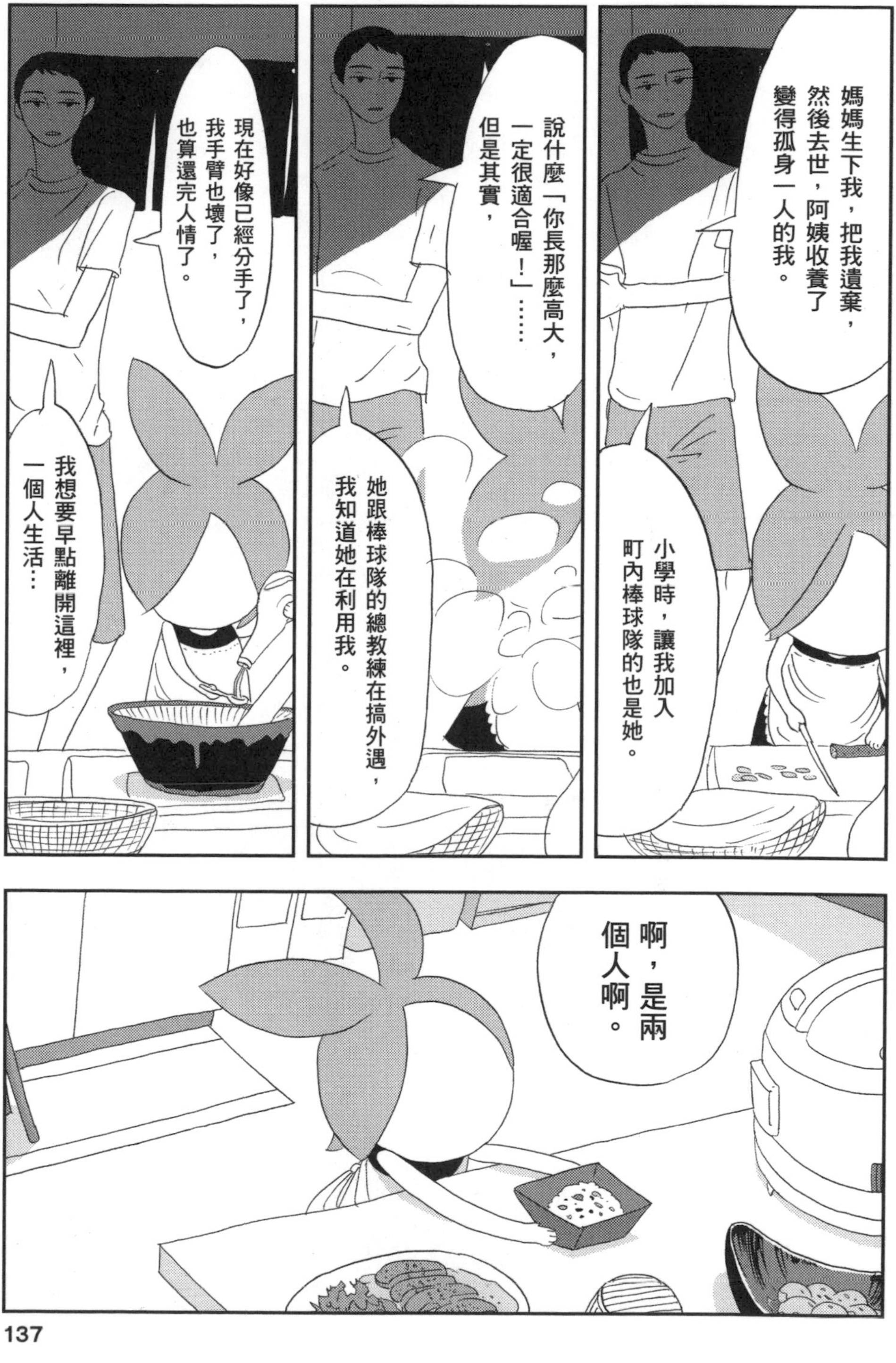
媽媽生下我，把我遺棄，然後去世，阿姨收養了變得孤身一人的我。
小學時，讓我加入町內棒球隊的也是她。
說什麼「你長那麼高大，一定很適合喔！」……但是其實，
她跟棒球隊的總教練在搞外遇，我知道她在利用我。
現在好像已經分手了，我手臂也壞了，也算還完人情了。
我想要早點離開這裡，一個人生活…
啊，是兩個人啊。

妳知道嗎？
在這宇宙裡，人類看得到的物質只有百分之五。
剩下的百分之二十三不會發光也不會反射。
還有百分之七十二完全不知道是什麼。
也就是說，世界上有百分之九十五都是未知的。
所以即使不知道父親是誰、記不得母親，都不奇怪。
我啊，其實只是宇宙的……嗯。

現在才想到，妳的雙親是？
星星。
星星？
不太懂妳的意思，但好像跟我差不多吧。
還想要嗎？
配菜很夠了。
不是配菜。
米飯也夠了。
果然不像以前了。
沒什麼食慾……
喀噠
喀噠
都發青了。
慢慢腐壞了嗎？
喀噠 喀噠 喀噠……
嗯？
圖書館。

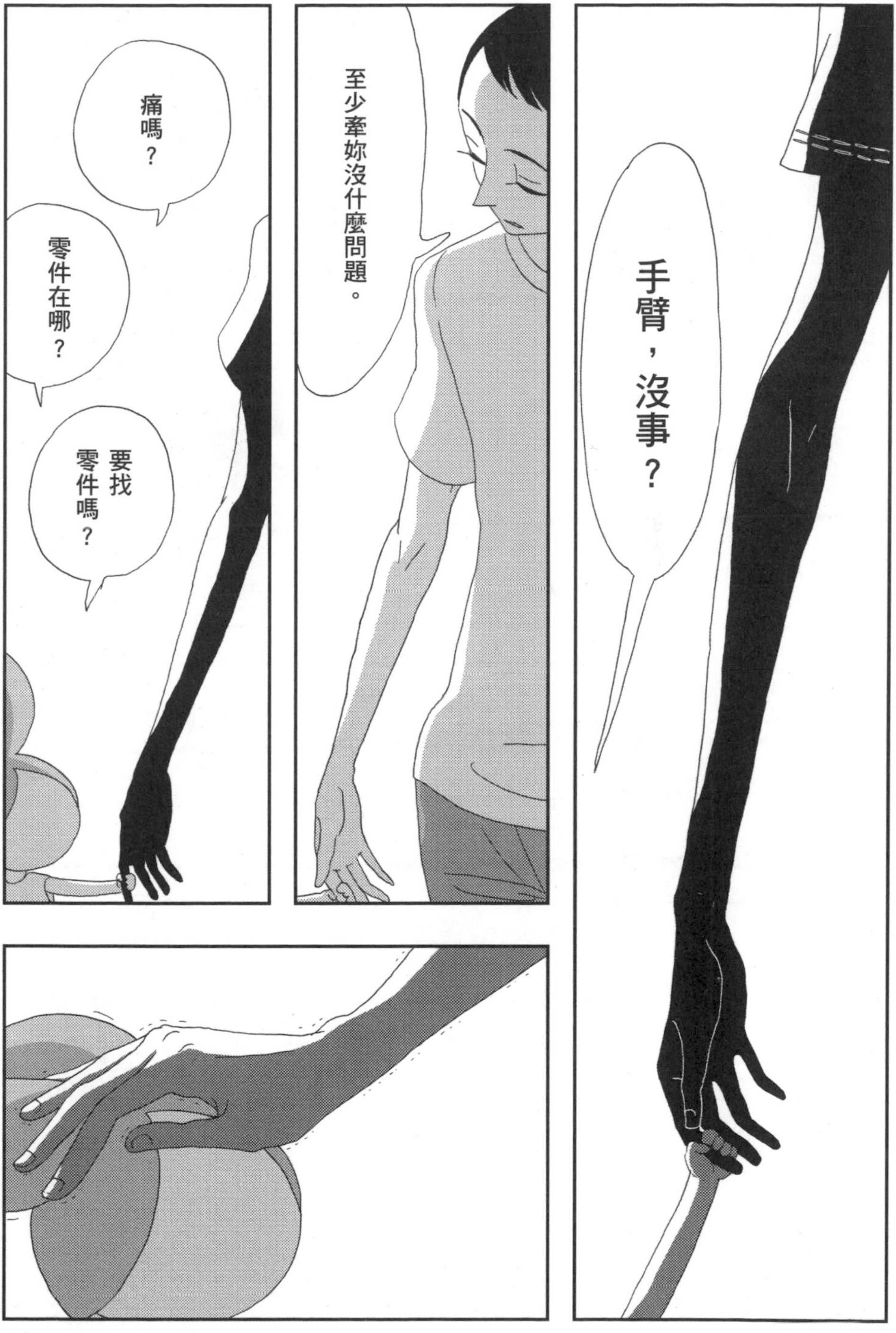
手臂，沒事？
至少牽妳沒什麼問題。
痛嗎？
零件在哪？
要找零件嗎？

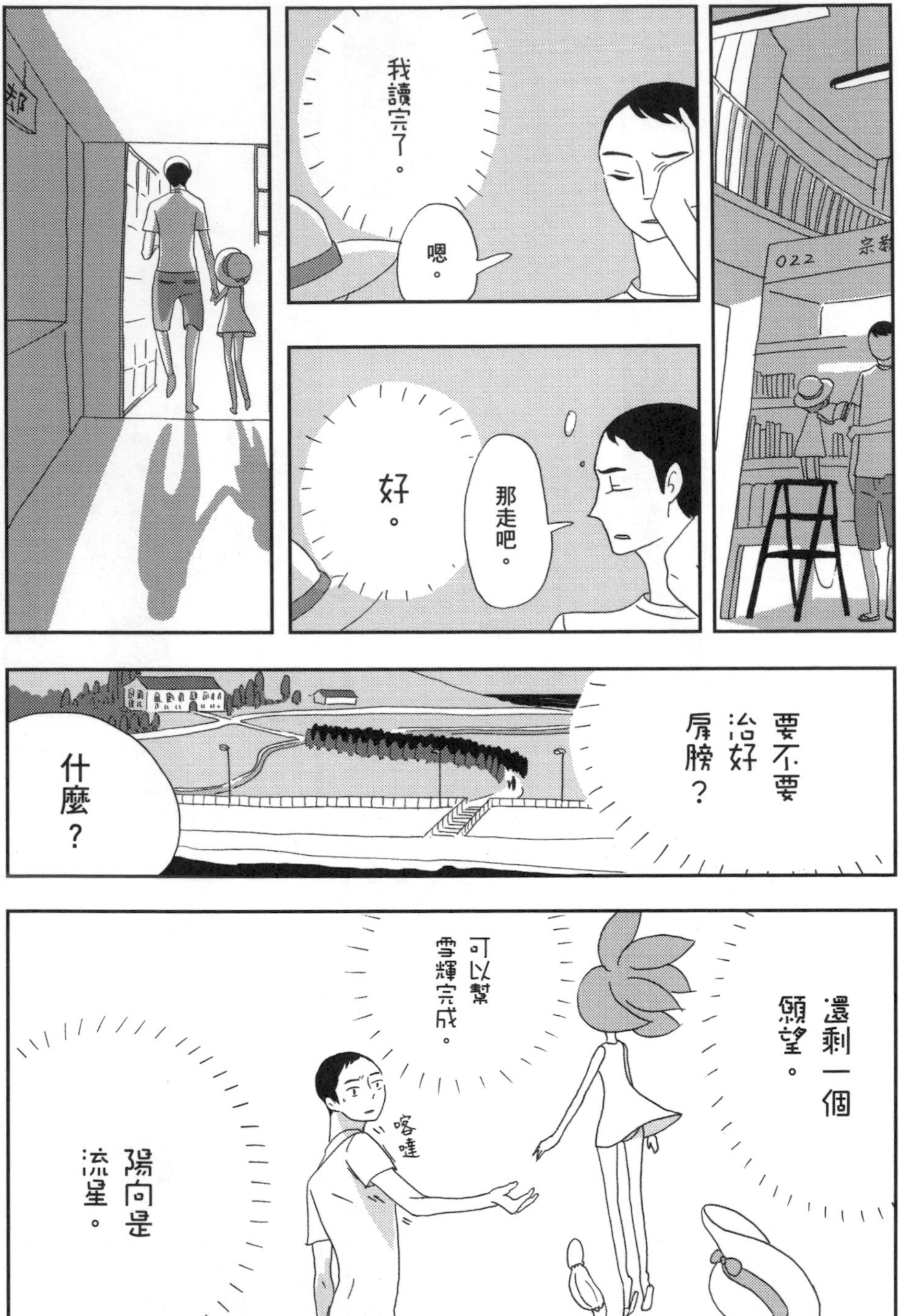
我讀完了。
嗯。
好。
那走吧。
要不要治好肩膀？
什麼？
還剩一個願望。
可以幫雪輝完成。
陽向是流星。
喀嗟

流星是慧星的碎屑，
慧星是來自歐特雲，
現在正朝著太陽而去，
我是在這途中
掉落在這個星星的。
後來被做成
斗櫃的螺絲鎖在那，
動都不能動。
……
不過雪輝你
讓我離開了那裡。
所以我為了
正確地達成你的願望，
努力用功學了很多。
現在就能
治好你的肩膀。

不。
不用治肩膀了，我花了十年才搞壞的。
「這樣才是幸福，這一條才是正確的道路，你很幸運，可以打棒球。」
目標的選手是我
以前阿姨和大人都是這樣親切地對我說。
要是不這麼做的話就會被拋棄，可能會變回孤身一人。
下一位！日下啊…你很辛苦吧。

七歲的我很害怕，甚至連迷惘都辦不到。
我只知道死命地投下去，總有一天會壞掉，我就能自由。

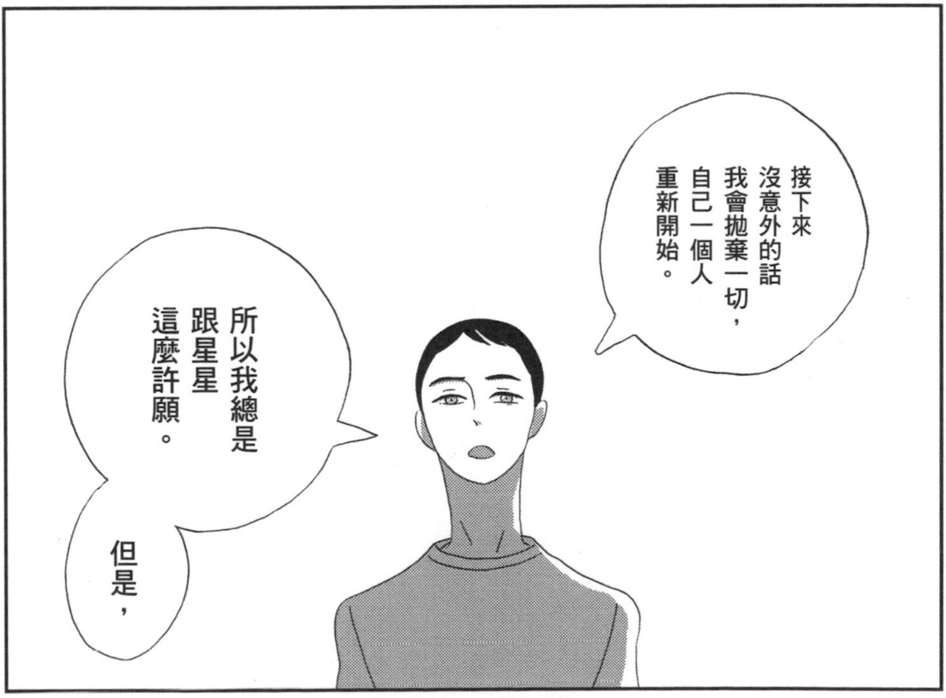
接下來沒意外的話我會拋棄一切，自己一個人重新開始。
所以我總是跟星星這麼許願。
但是，

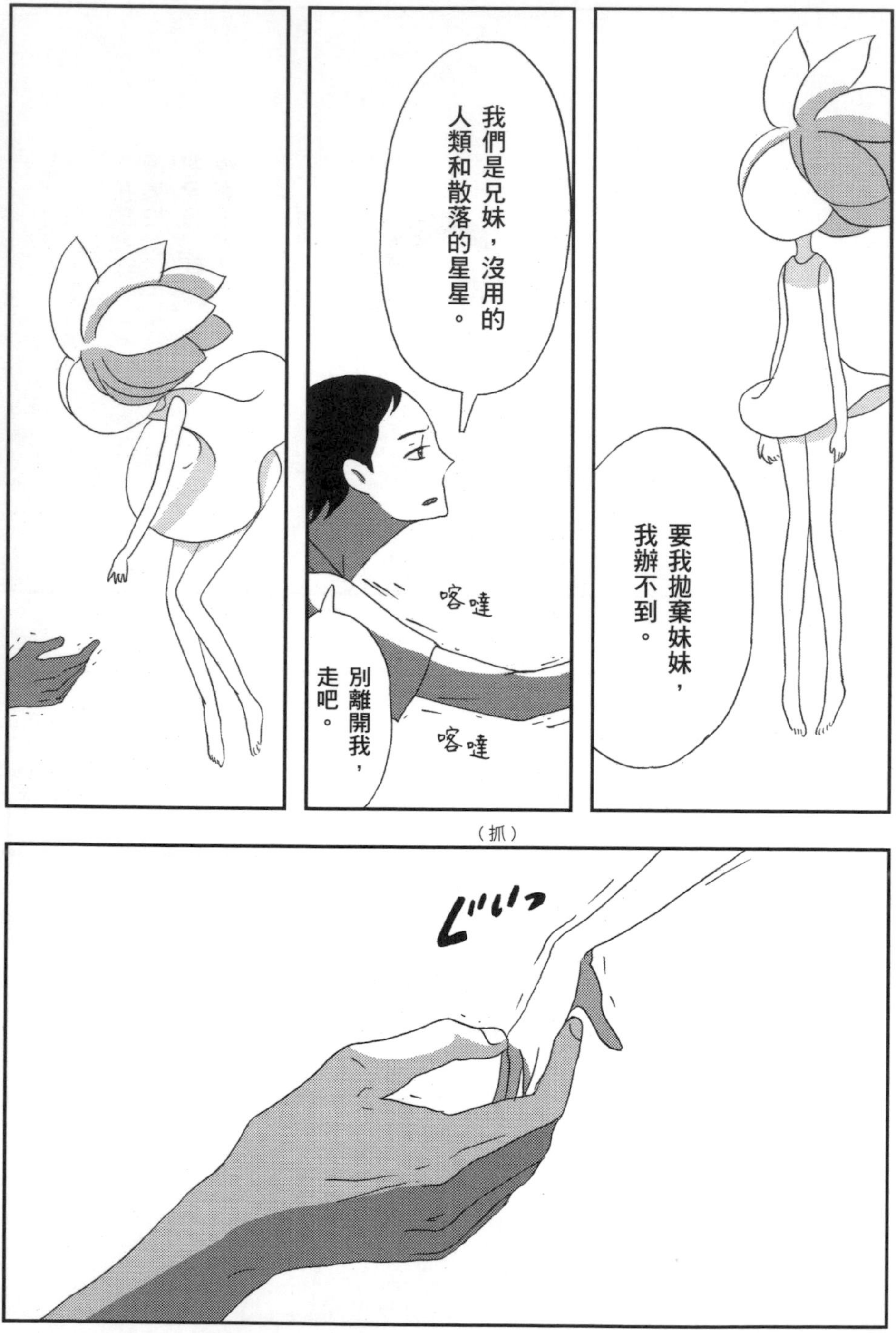
要我拋棄妹妹，我辦不到。
我們是兄妹，沒用的人類和散落的星星。
喀噠
別離開我，走吧。
喀噠
（抓）
ぐいっ

（磅）

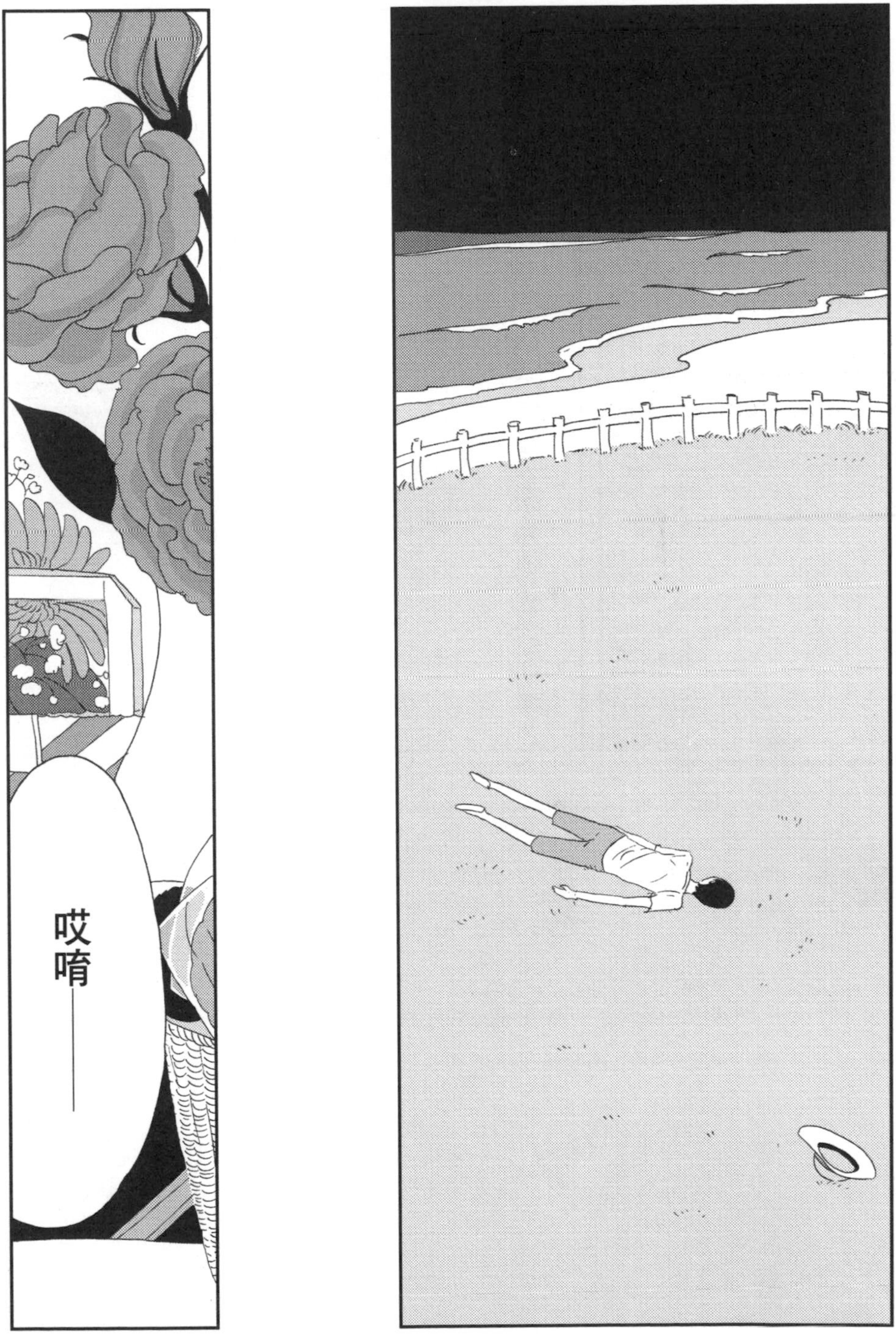
哎唷——

（鞠躬）

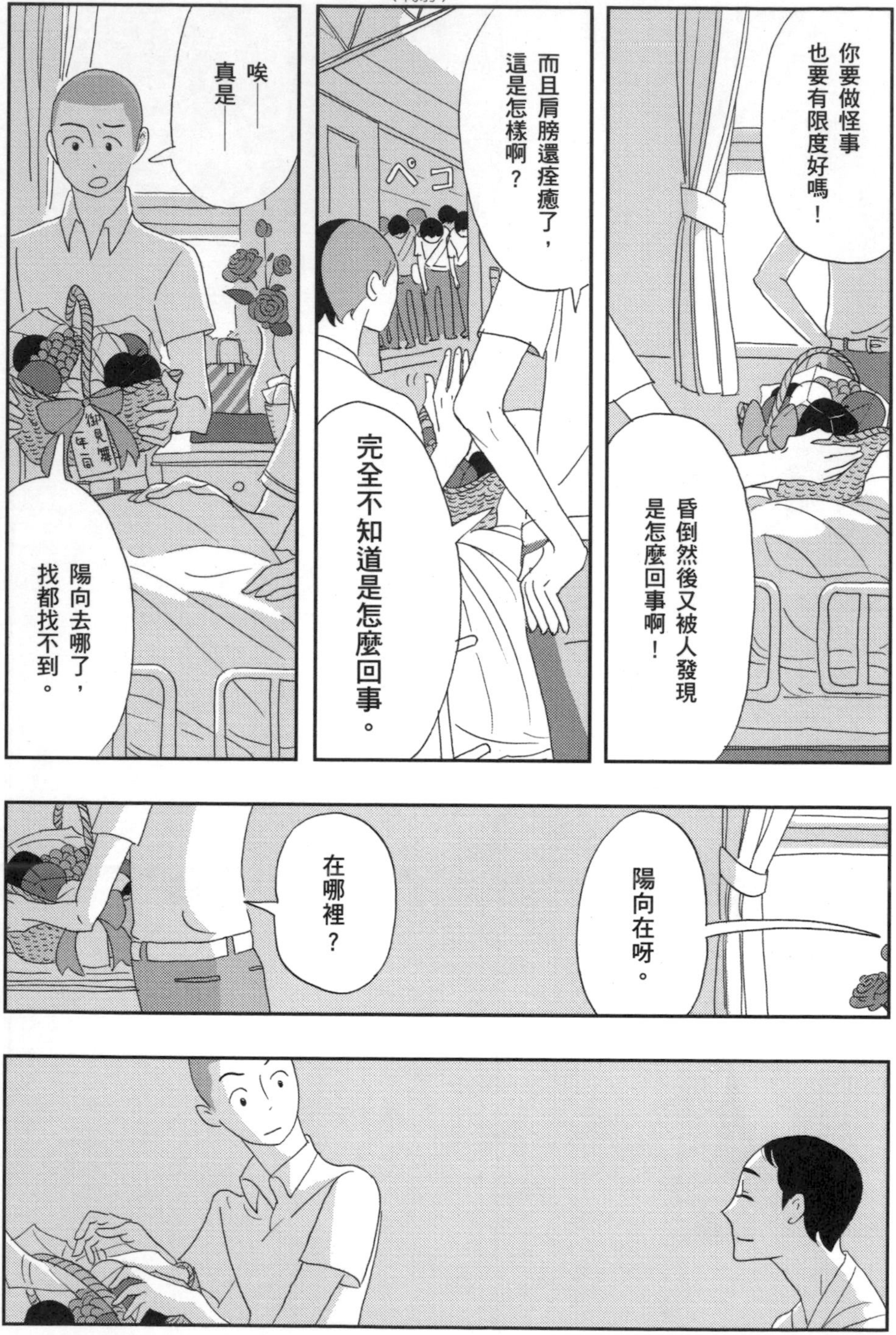
你要做怪事也要有限度好嗎！
昏倒然後又被人發現是怎麼回事啊！
而且肩膀還痊癒了，這是怎樣啊？
ペコ
完全不知道是怎麼回事。
唉——
真是——
陽向去哪了，找都找不到。
陽向在呀。
在哪裡？

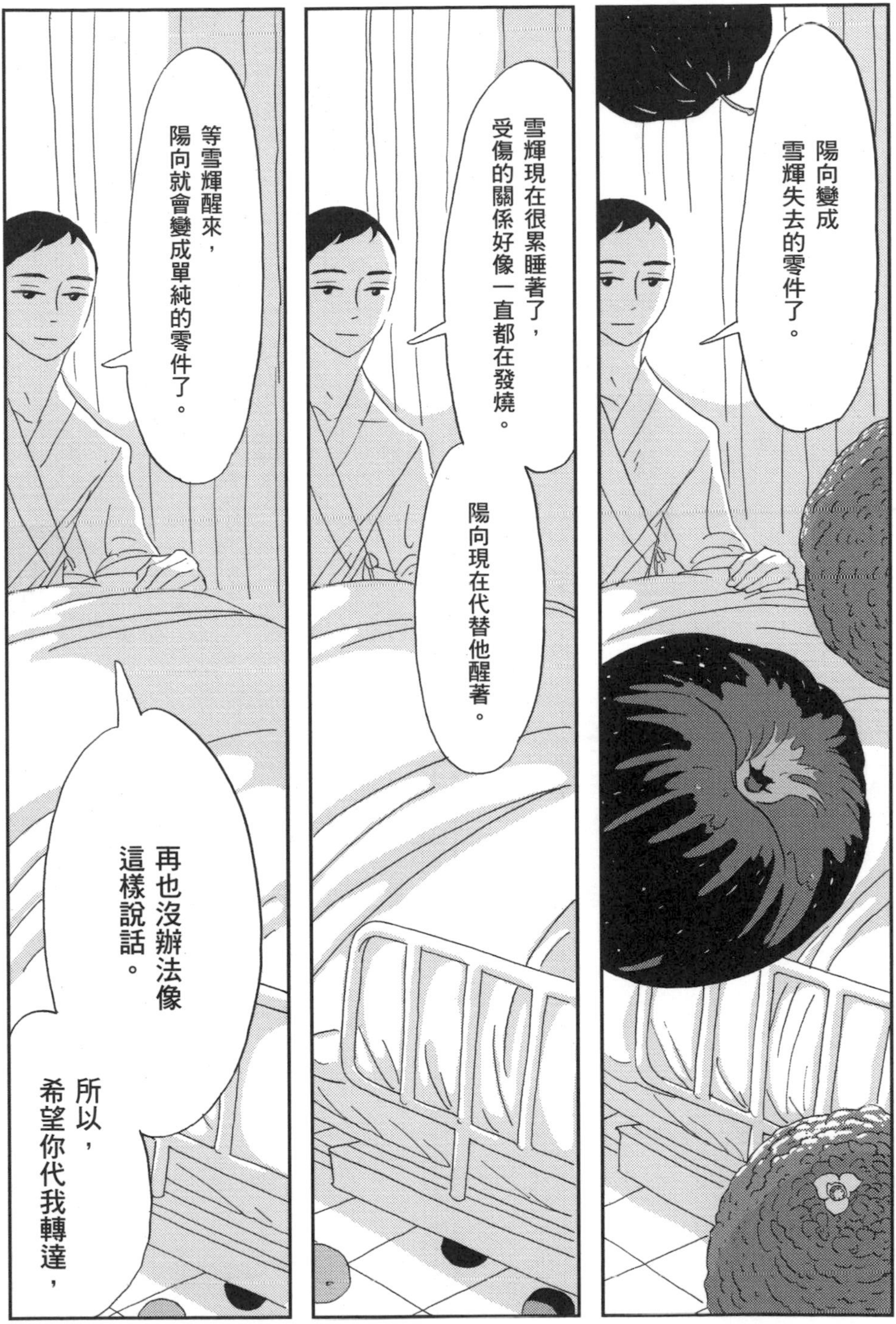
陽向變成雪輝失去的零件了。
雪輝現在很累睡著了，受傷的關係好像一直都在發燒。
陽向現在代替他醒著。
等雪輝醒來，陽向就會變成單純的零件了。
再也沒辦法像這樣說話。
所以，希望你代我轉達，

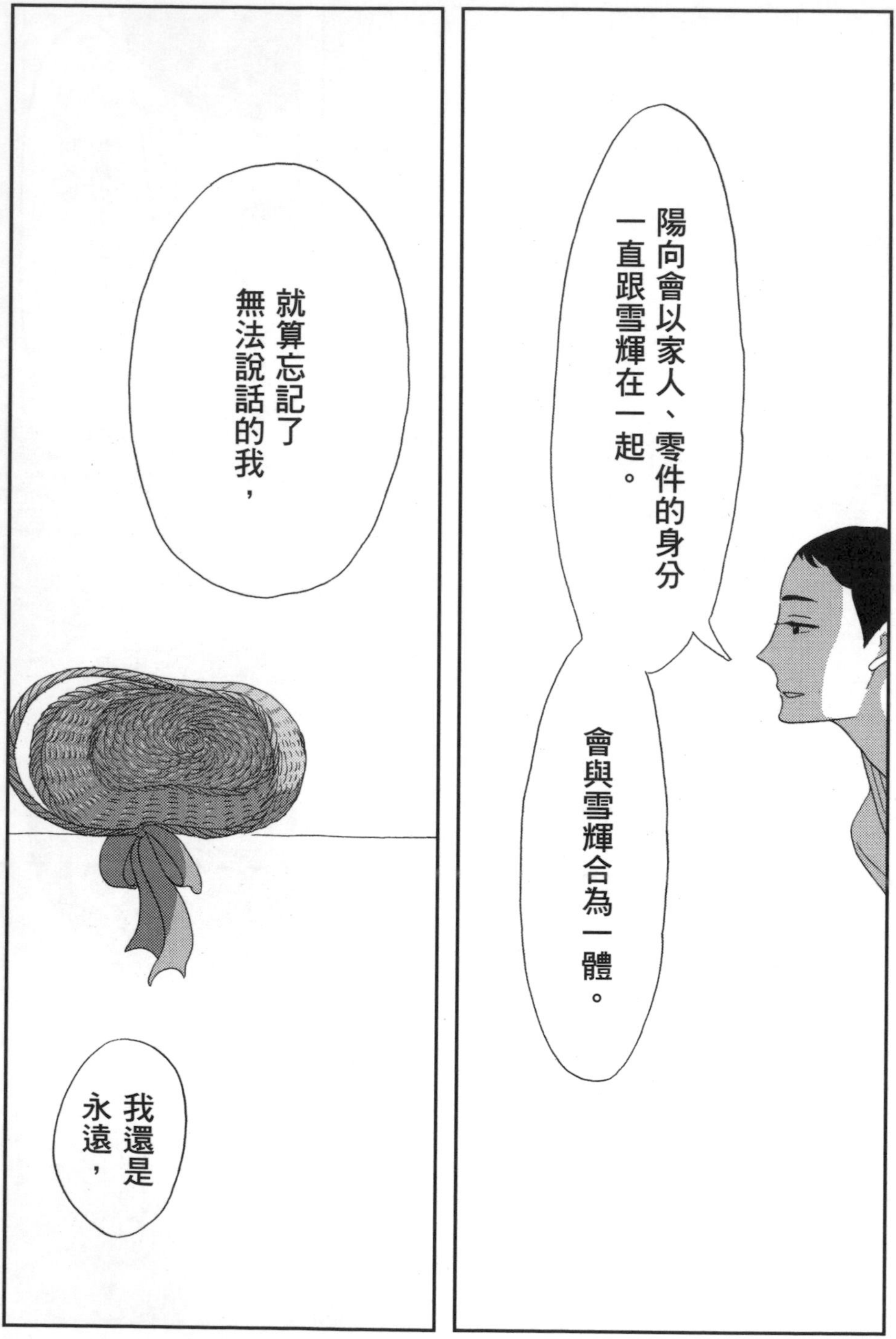
陽向會以家人、零件的身分一直跟雪輝在一起。
會與雪輝合為一體。
就算忘記了無法說話的我，
我還是永遠，

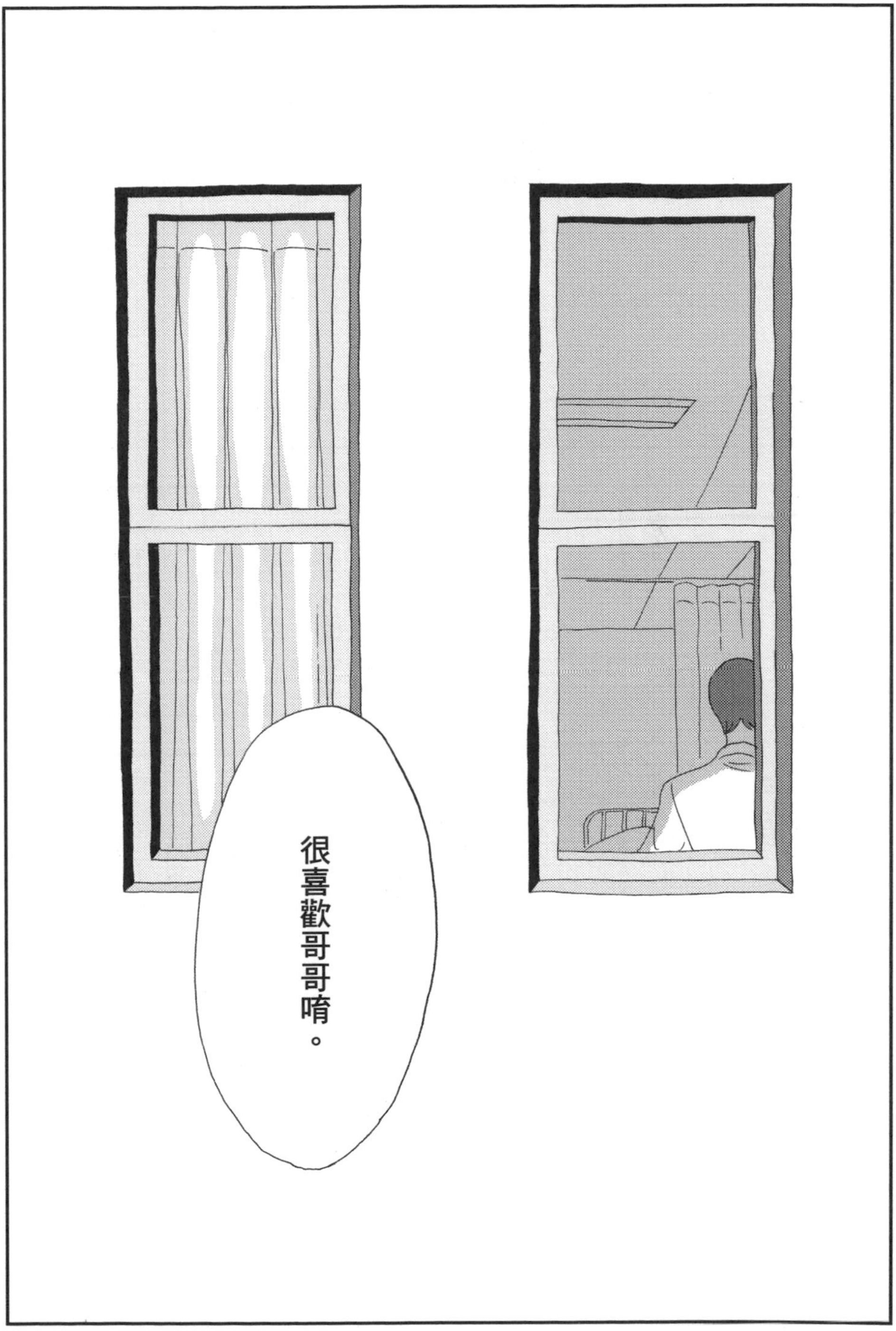
很喜歡哥哥唷。

退社信
硬式棒
什麼——
關門
退社了——
不是痊癒了嗎——
當個什麼事都不用做的經理也好啊。
阿雪學長不在的話會很寂寞呀～
回來呀～
會覺得空虛也只有現在而已。
我會送東西給你們啦。
集合——!!!

跟阿姨說我不想打棒球，想研究天文學。
結果被阿姨罵「怎麼不早說！」
覺得，
有點丟臉。
總有一天我要去人類所能到得了最遠的地方。
對妳來說或許是充滿懷念的地方吧。

〔日下兄妹〕　終

蟲與歌

啊——真涼快——
哎呀。
軋軋軋軋軋
看來煞車終究還是得修啊……

我回來了。
回來啦。
怎麼那麼熱啊？
信，還有冰棒。
哦。
顏色決定好了嗎？
嘎哩嘎哩君…
還沒～
下週就要展出了吧？
嗯…

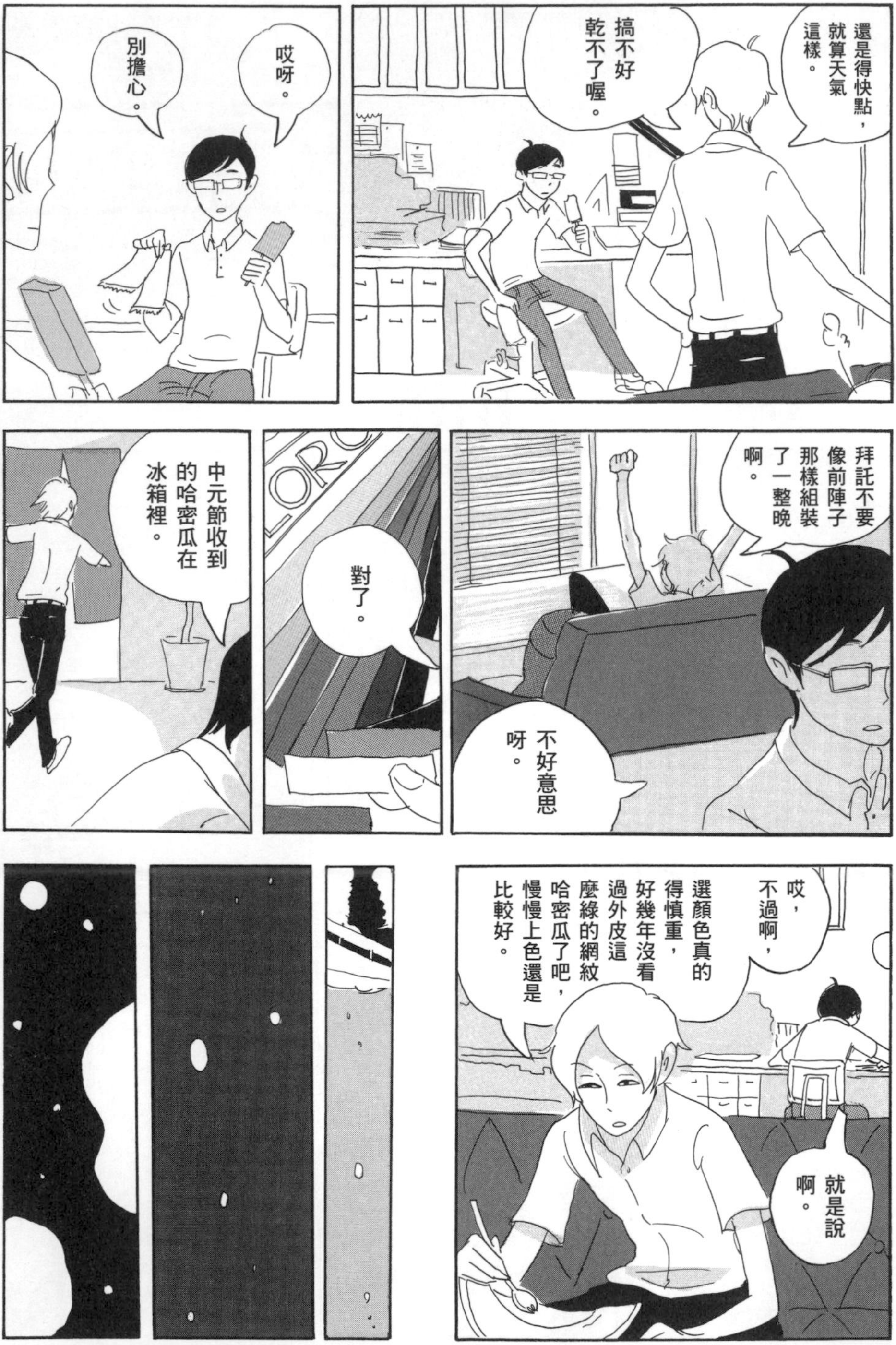
還是得快點，就算天氣這樣。
搞不好乾不了喔。
哎呀。
別擔心。
拜託不要像前陣子那樣組裝了一整晚啊。
不好意思呀。
對了。
中元節收到的哈密瓜在冰箱裡。
哎，不過啊，選顏色真的得慎重，好幾年沒看過外皮這麼綠的網紋哈密瓜了吧，慢慢上色還是比較好。
就是說啊。

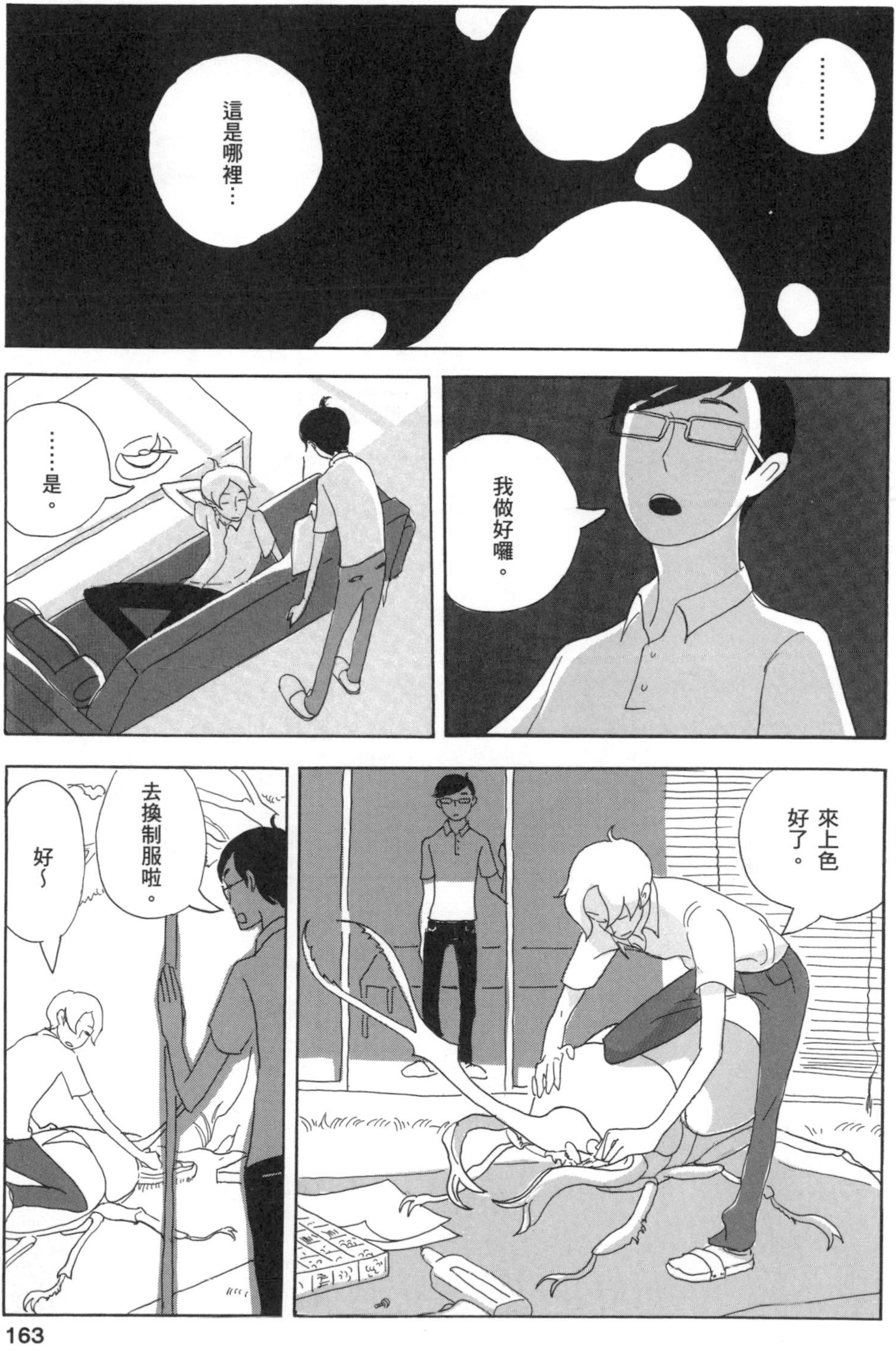
……
這是哪裡……
我做好囉。
……是。
來上色好了。
去換制服啦。
好～

巨
大
藍
眼
睛
長腳
新種
（罕見）
鍬形蟲
這跟哥哥你很久以前做的大模型一樣耶！
喔。
終於被發現啦？
軋
說名字叫什麼？
呃。
巨大藍眼睛鍬形蟲。
唉，日文大概也只能這樣取吧。
不要洩露出去喔。

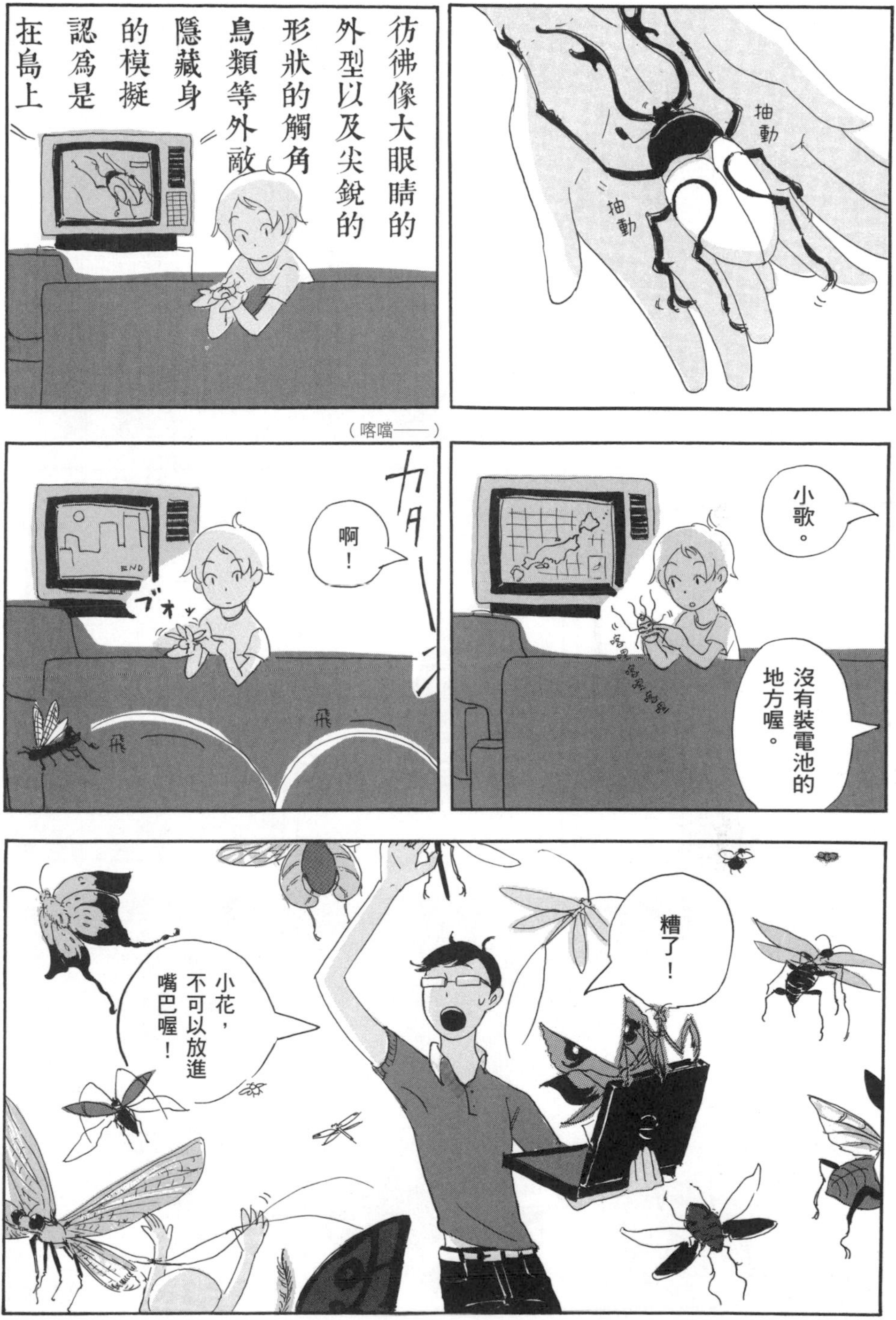
抽動
抽動
彷彿像大眼睛的外型以及尖銳的形狀的觸角鳥類等外敵隱藏身的模擬認為是在島上
小歌。
沒有裝電池的地方喔。
（喀噹——）
カタ—ン
啊！
ブオッ
（嗡）
飛
飛
糟了！
小花，不可以放進嘴巴喔！

抓到了嗎—
抓是抓到了
實在有點累呀
哇
他說不可以洩露出去的是這種奇妙工作。
我只是小孩子，說出去誰會相信啊，
這個二百比一展示用模型以前也是哥哥一個人做的。
每次本來都是要幫忙，結果常常礙到他。
嗚哇—
會動喔
從尖端開始，跗節、脛節、腿節、
轉節。
基節，觸角從柄節開始算前端有十節……

哥哥又睡在這種地方了。
他也是。
哦。
明年春天的新作品。看一下。
叮咚——
唰
啪
來了——
糟、
啪搭
啪搭
啪搭
啪搭
啪搭
糟糕，門，
啪搭
啪搭
啪搭
啪
啊啊。
嗡
嗡
嗡
嗡
嗡
嗡
啊！

等等
我本來還追得到，可是，
因為掉進小河裡，完全追丟了……
可惡
擰
沒關係，沒有受傷就好。
對不起。
那怎麼辦？也不能放著不管吧。
嗯，沒關係。
拍拍
我有想過會發生這種事，所以所有的試作品都沒有生殖能力。
而且都有培育出歸巢本能。
但是，
逃跑的是相當顯眼的類型。
對小孩來說是罕見必抓型嗎？
是呀，牠喜歡吃婆羅洲獨有的樹木汁液，很凶殘唷。
火腿耶

總之我先跟委託人聯絡一下好了。
友小姐嗎？她會不會生氣啊……
別擔心。
沒事沒事。
你們兩個準備一下晚餐，很久沒在戶外吃了。
咦!?戶外!?
不會吧——！
友小姐怎麼說？
喀
喀
「很快就會回來了吧？」
真的嗎？好悠哉啊。
很有信心吧。
火生好了喔
妳不要盡是吃肉，也吃些青菜吧。
你也是吧，偶爾也吃點肉啦!!
偏食都改不掉啊……
來
就說我不要了—
是我教養方式有問題嗎？
好想喝啤酒喔
怎麼可能讓妳喝

哥哥你也警告她一下啦
嗯？我也想喝
開玩笑的啦
結果，
我只是吃了好吃的肉，牠也沒回來……
只是被扣一點本來就很少的零用錢也許都還不夠啊……
我的工作是賺不到那麼多錢的
家訓 清貧
不過牠是夜行性昆蟲，睡覺時就會回來也說不定。

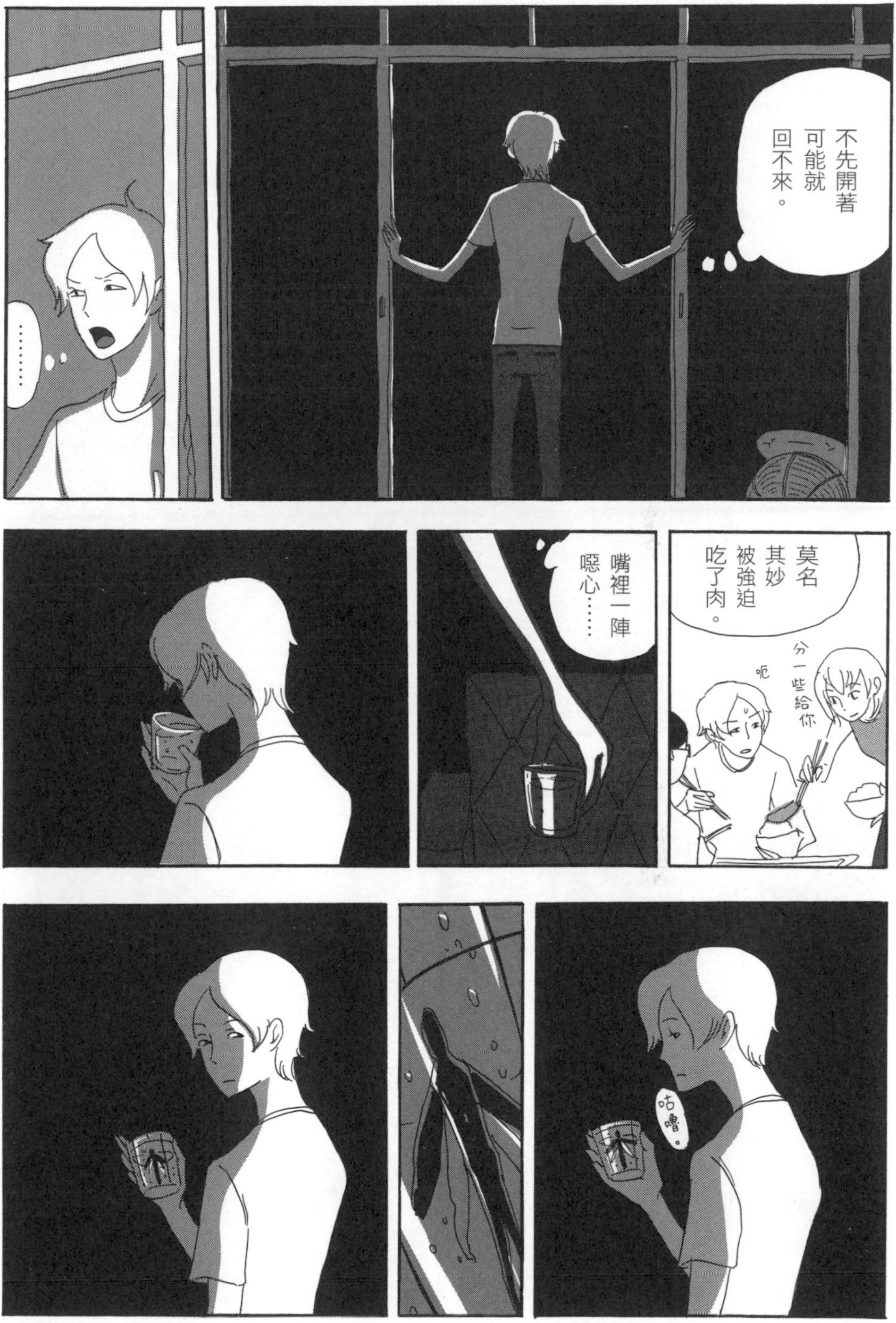

不先開著可能就回不來。
……
莫名其妙被強迫吃了肉。
分一些給你
呃
嘴裡一陣噁心……
咕嚕。

這個，該不會是新作品吧？

喀噠
哥～！剛剛有人掉下來……
啊!?
妳呀，先別下來啊。
咦!?
什麼什麼？
啊。有人。
是人嗎？
啊。

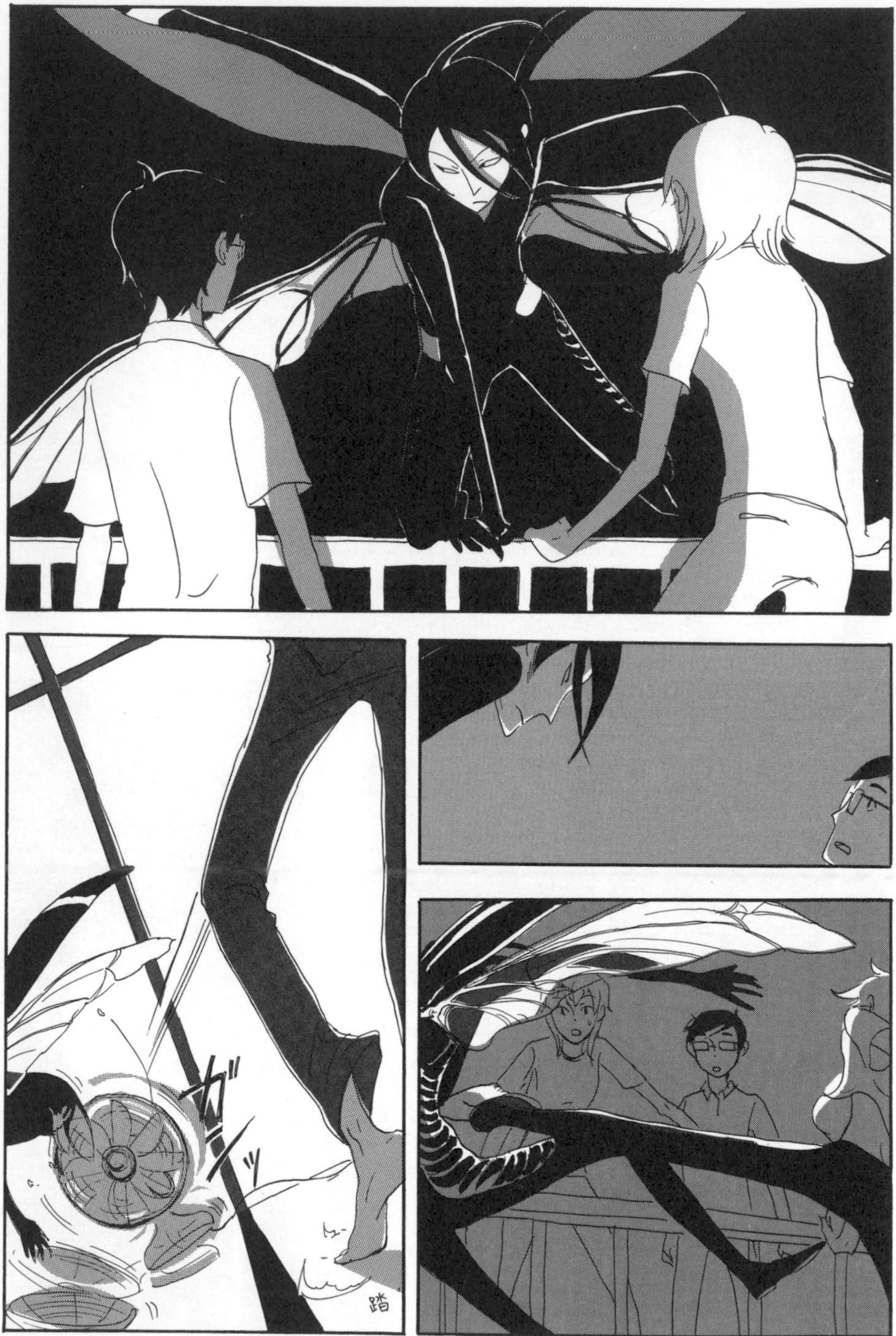

（鏗）

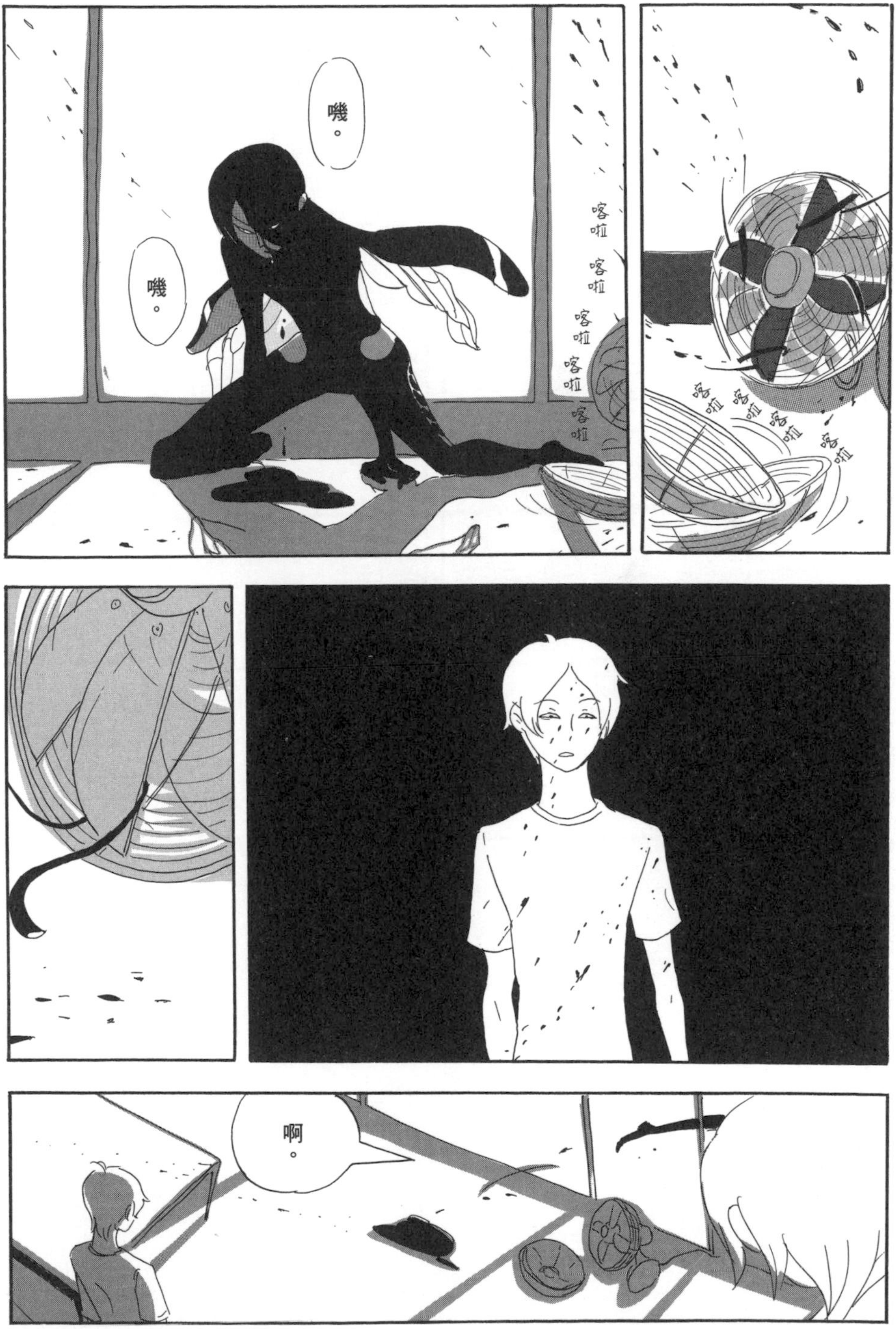
喀啦
喀啦
喀啦
喀啦
嘰。
嘰。
喀啦
喀啦
喀啦
喀啦
喀啦
啊。

這，
這傢伙是怎樣？
沒事吧？
嗯，哎呀。
這些全都是那傢伙的。
哇——嚇死人了。
真傷腦筋。
拍
拍

那孩子狀況如何？
唉──
狀況很不好呢。
說來很殘酷，牠的特徵變那樣根本沒辦法生活。
是喔……
……
完全沒辦法？
至少現在不行。
就這樣吧。
嗯。

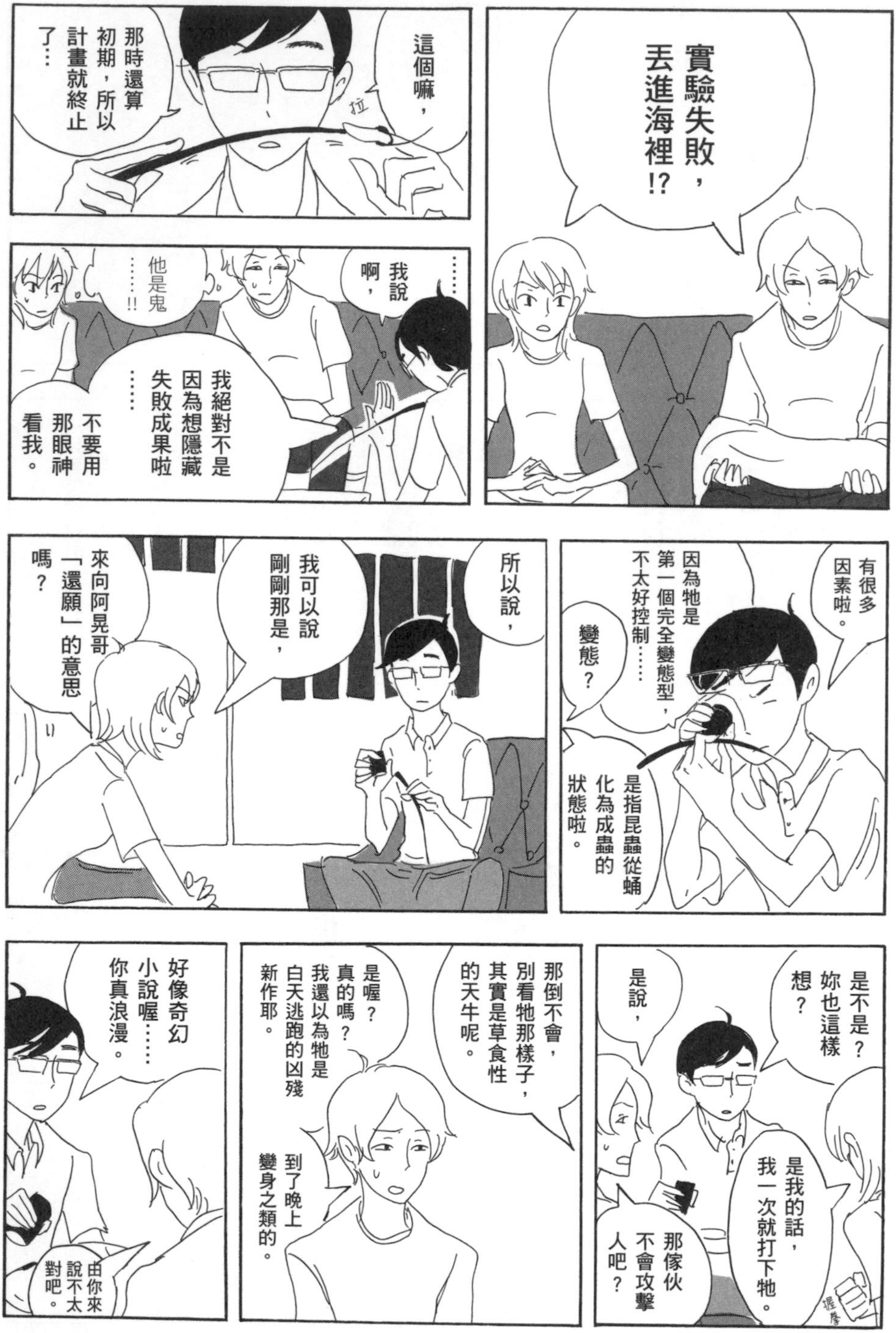
實驗失敗，丟進海裡!?
這個嘛，
那時還算初期，所以計畫就終止了……
拉
……我說啊，
他是鬼……!!
我絕對不是因為想隱藏失敗成果啦……
不要用那眼神看我。
有很多因素啦。
因為牠是第一個完全變態型，不太好控制……
變態？
是指昆蟲從蛹化為成蟲的狀態啦。
所以說，
我可以說剛剛那是，
來向阿晃哥「還願」的意思嗎？
是不是？妳也這樣想？
是說，
是我的話，我一次就打下牠。
握拳
那傢伙不會攻擊人吧？
那倒不會，別看牠那樣子，其實是草食性的天牛呢。
是喔？真的嗎？我還以為牠是白天逃跑的凶殘新作耶。
到了晚上變身之類的。
好像奇幻小說喔……你真浪漫。
由你來說不太對吧。

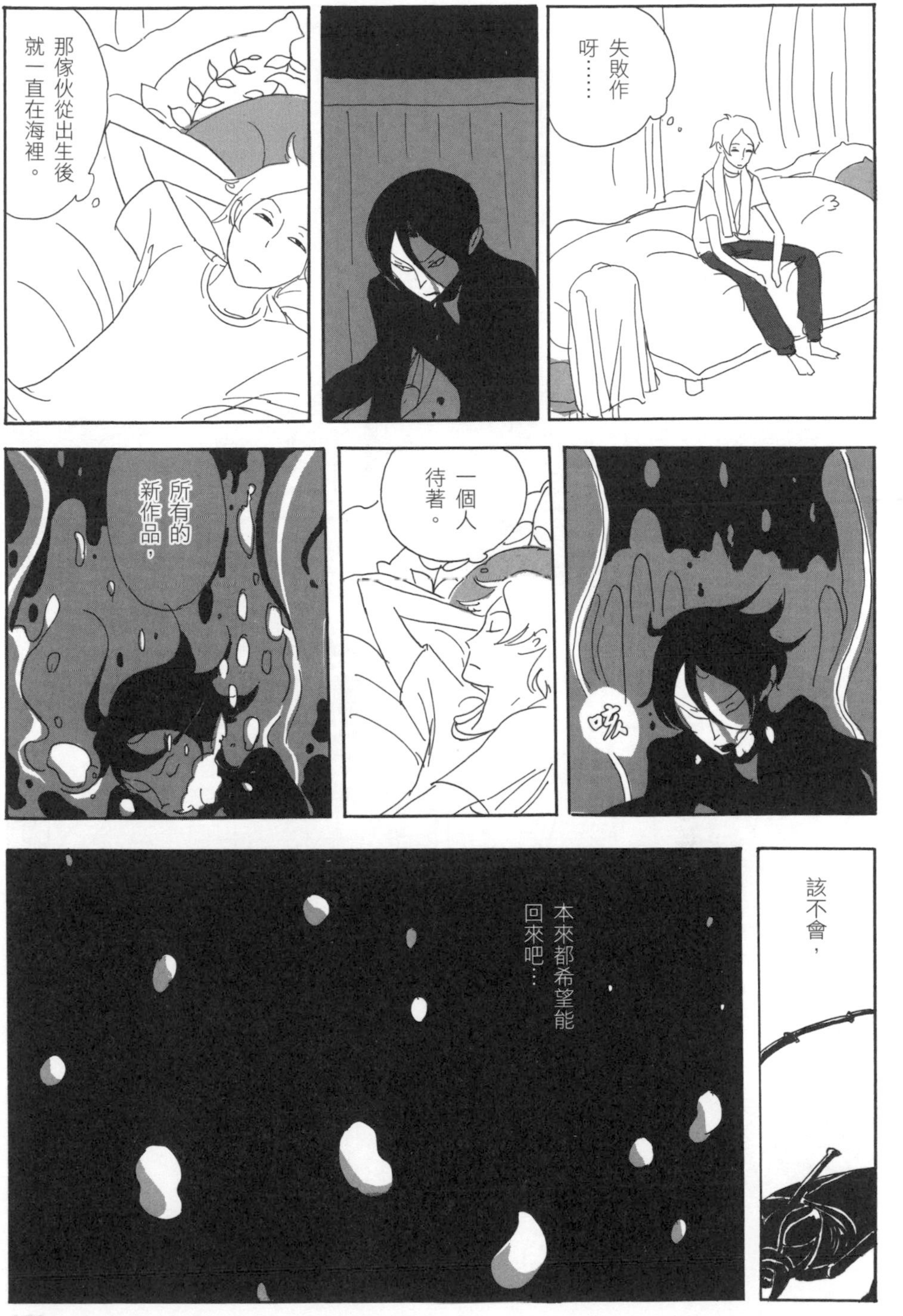
失敗作
呀……
那傢伙從出生後
就一直在海裡。
咳
一個人
待著。
所有的
新作品，
該不會，
本來都希望能
回來吧…

嘿，
你要去哪～
我去找看看那傢伙。
要是被人家發現就不得了了。
我也是這麼想的。
大哥也有可能是牠的目標吧？
嗯—
我覺得沒事啦。
真的嗎？

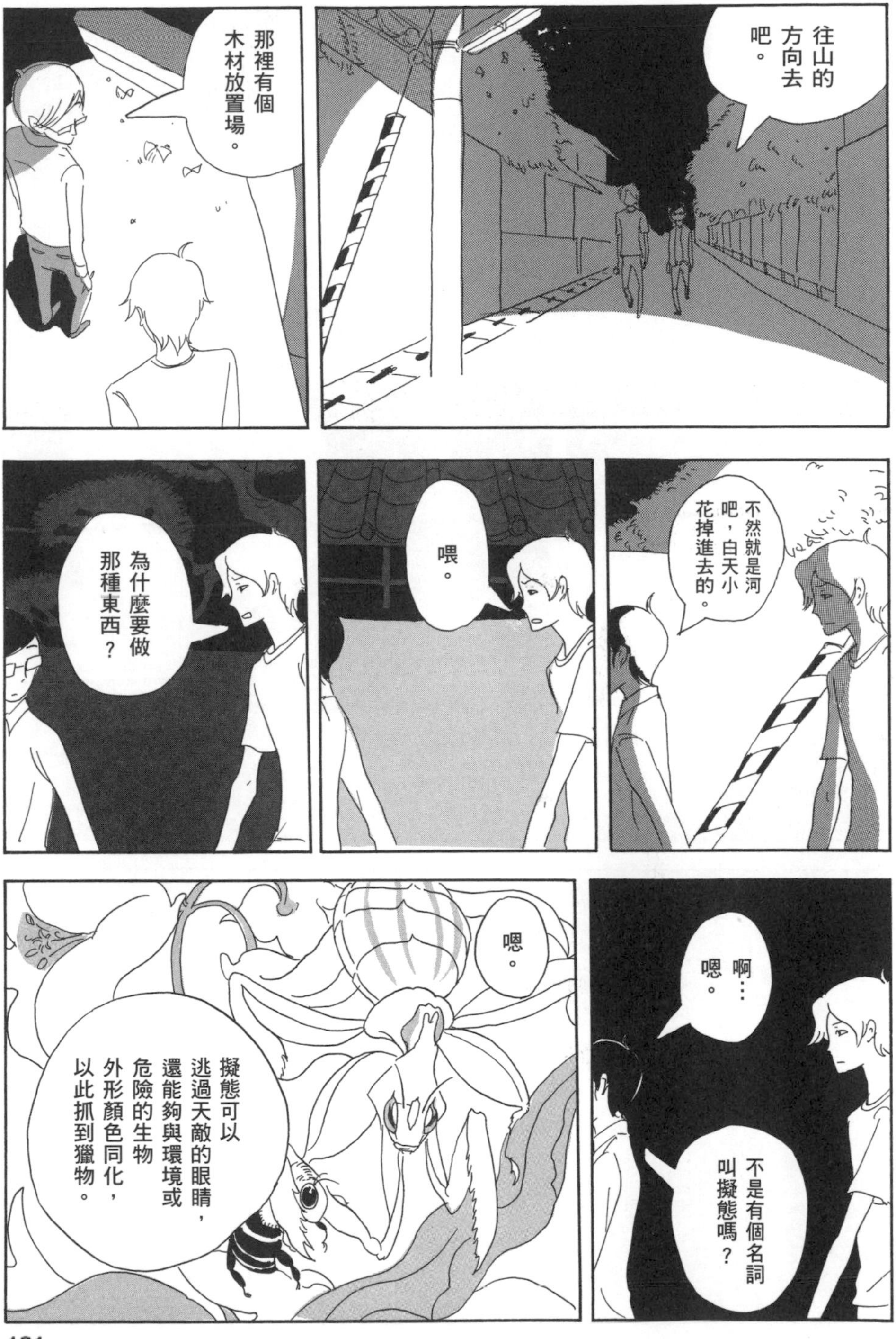

往山的方向去吧。
那裡有個木材放置場。
不然就是河吧，白天小花掉進去的。
喂。
為什麼要做那種東西？
啊……嗯。
不是有個名詞叫擬態嗎？
嗯。
擬態可以逃過天敵的眼睛，還能夠與環境或危險的生物外形顏色同化，以此抓到獵物。

這樣下去的話，
也許再過數十年數百年，
失去了居所的昆蟲就必須隱藏自己跟人同化。
丁目公園
這不是進化，而是昆蟲發明出賭命生存下來的技術。
那孩子剛出生時我也覺得沒有問題，只不過沒辦法阻止牠變成蛹。
牠的外皮一天一天變硬，從蛹出來時不僅有了四肢，還長了觸角和翅膀，根本瞞不過一般人的眼睛。
我使用了一種應用了水熊蟲生態裡的技術，牠們因此可以承受任何嚴酷的環境。
將牠半木乃伊化，保存在深海裡，直到時機來臨。

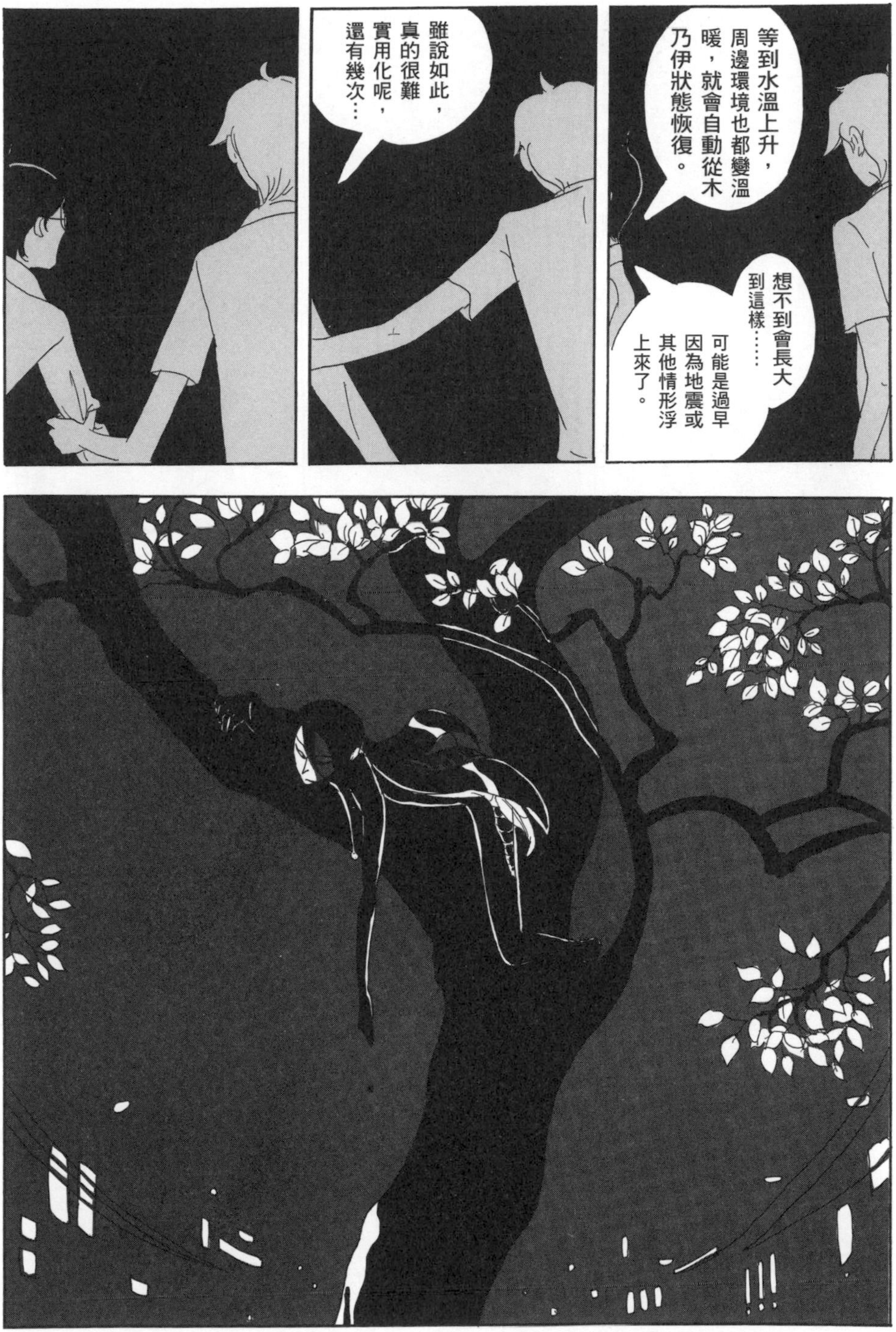
等到水溫上升，周邊環境也都變溫暖，就會自動從木乃伊狀態恢復。
想不到會長大到這樣……
可能是過早因為地震或其他情形浮上來了。
雖說如此，真的很難實用化呢，還有幾次…

看來沒有逃得很遠呢。
咔
糟糕，血淋巴流太多了。
（揍）
喂。

嘔
喂。
不要動，我沒事。
哪有沒事!!牠果然懷恨在心啊!!

咳
掐
你沒辦法再更進一步了。
我是把你設計成殺不了我的。
而且，
我不是要拋棄你……而是我覺得這世界現在還不適合你。
不過，
我錯了。

把自己的小孩關在海裡是我不對。
抱歉。
哎…真慘，連根拔起。
很難過吧。
沒事沒事，總之回來就好，我很開心唷。
靠
我想是時候該幫你取個名字了。
學名什麼的都不好唸。
反正你是個無法分類的孩子。

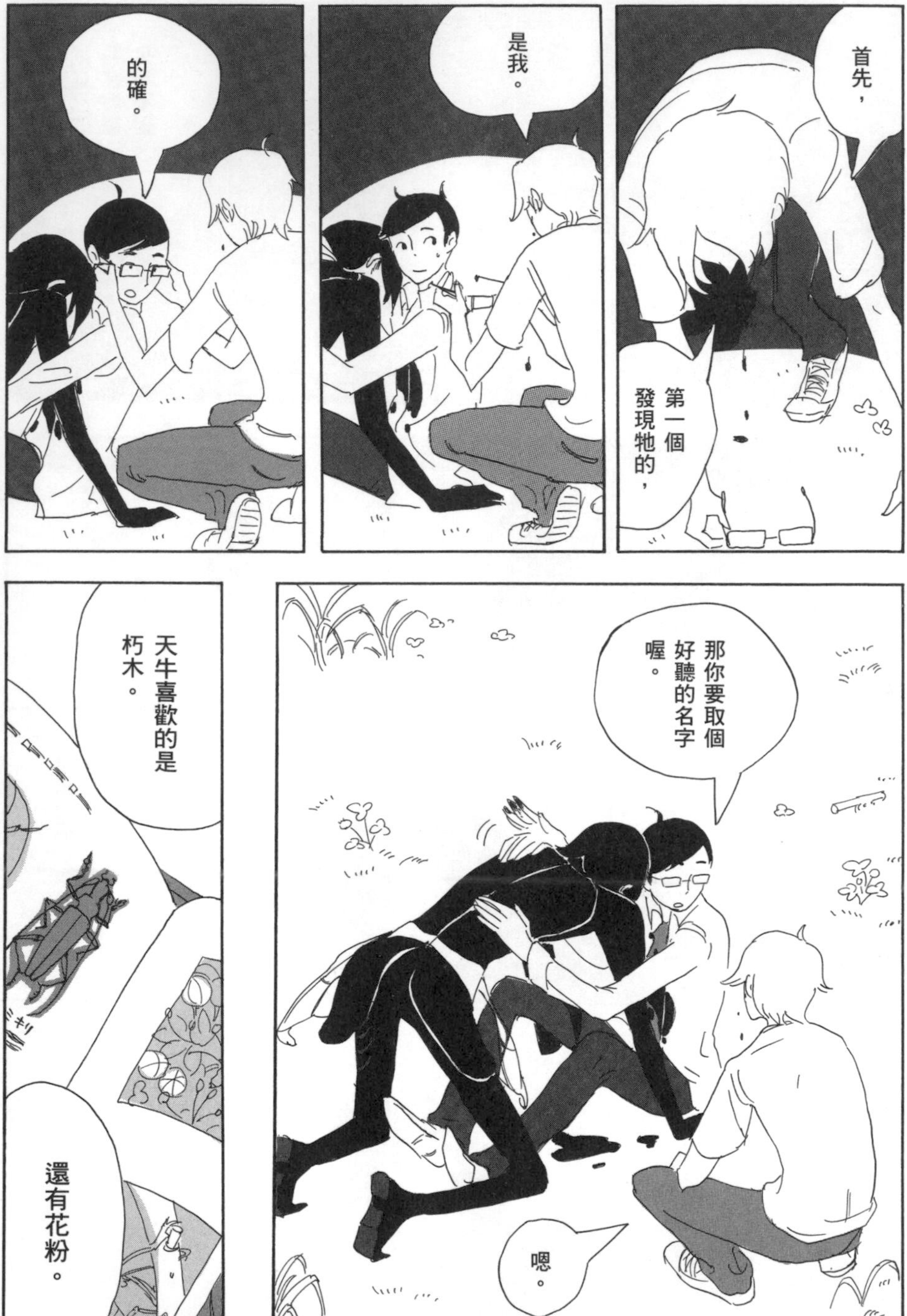
首先，
第一個發現牠的，
是我。
的確。
那你要取個好聽的名字喔。
嗯。
天牛喜歡的是朽木。
還有花粉。

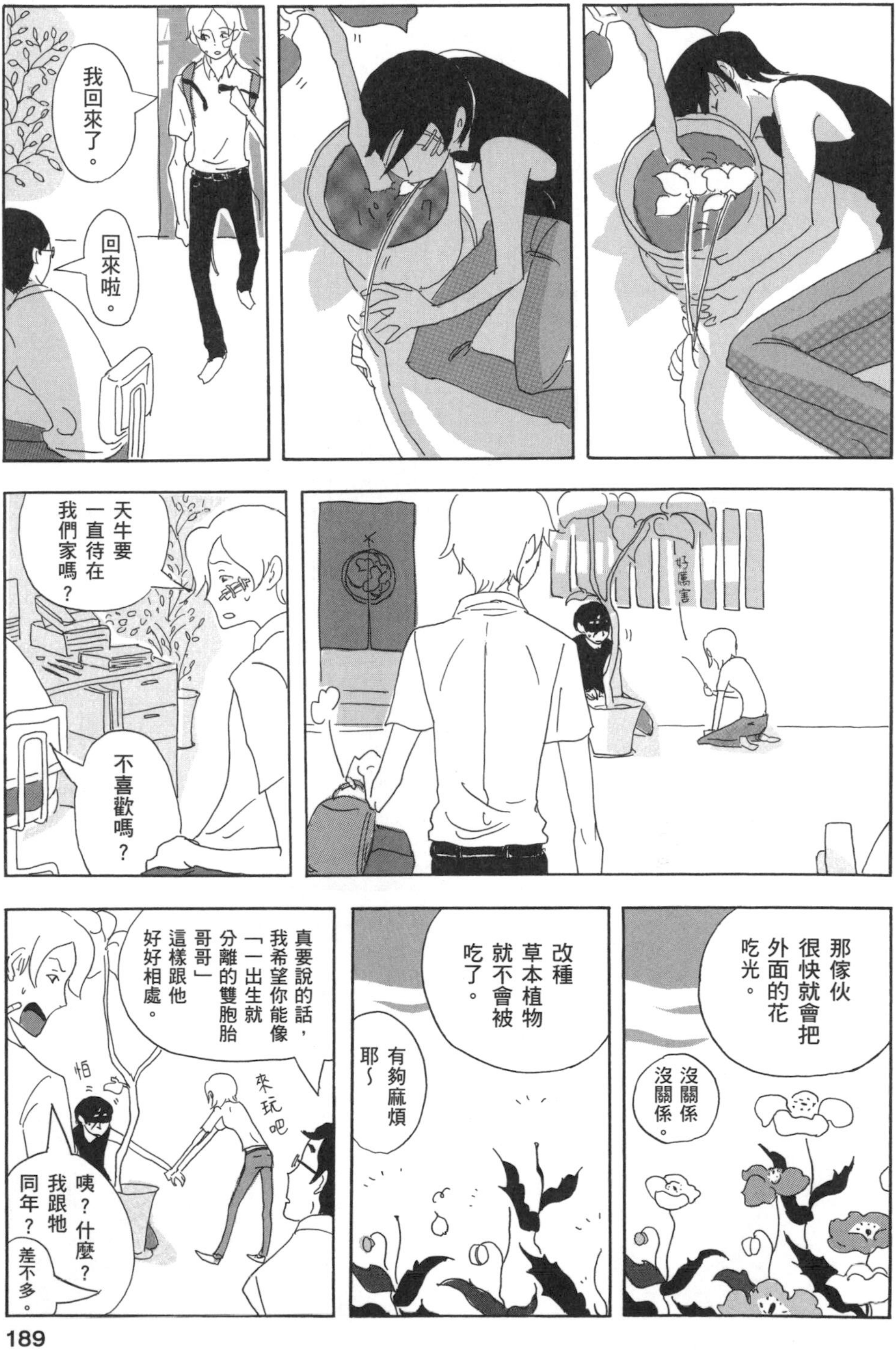
我回來了。
回來啦。
天牛要一直待在我們家嗎？
不喜歡嗎？
好厲害
那傢伙很快就會把外面的花吃光。
沒關係沒關係。
改種草本植物就不會被吃了。
有夠麻煩耶～
真要說的話，我希望你能像「一出生就分離的雙胞胎哥哥」這樣跟他好好相處。
來玩吧
怕
咦？什麼？我跟牠同年？
差不多。

哥哥！
四郎牠不會說話嗎？
四郎？
以後就會說話了。
四郎？
嗯？
（咚）
命名權不是在我嗎!?
小花比你還早發現牠的唷。
我本來很期待耶!!
唉呀？為什麼？你有那麼認真思考喔？
要取什麼？
「謙信」啦，「信長」啦。
什麼「四郎」嘛！
太平凡了吧。
……
牠長得像烏鴉，翅膀卻是白的。
所以叫「白鳥」※。
不會稍微奇幻過頭了嗎？
有一點啦，不過沒關係。
唉，算了……

※譯註：日文和「四郎」同音。

來。
這個可以吃。
啊。
咔
哩
自己拿啦!!
不要吃筷子!!
嚼嚼嚼嚼嚼嚼嚼
牠是小歌二哥什麼時候生的?
小聲
喂。
哼嗯
說什麼。
因為你從來都沒有像這樣照顧我啊!!
生氣
那倒是。
妳是肉食的,很恐怖嘛。
喀啦
一直在那肉肉肉的,看不起我啊!!
科科科科科科科
你們兩個就是因為都不吃肉傷口才好得慢!!
牠好依賴你呀。
住手,牠發出警告聲了。

所以真的是他偷偷摸摸生下來……
應該要先跟我們討論才對，畢竟我們三個是兄妹…
小聲
我真的會生氣喔。
明明是某人要我照顧他的私生子唷~
用這個插下去。
都想跟你要打工的薪水了。
試看看，今天開始禁止用手。
啊？你是左撇子？
哎呀，今晚的月亮就跟我家一樣，圓圓滿滿。
哇哈哈
才沒有月亮。
不過啊，
咦，真假？
我也不是沒考慮要多給一點零用錢啦，你可以期待一下。
白鳥，
很好。
插
我終於能修腳踏車的煞車了。
原來煞車壞掉了呀……
這次製作的模型完成度很不錯。
也許能直接通過唷。
你的手指頭很靈巧。
而且又有力，做這種立體的東西比我還行，幫了大忙呢。

嘿。
怎麼樣？
陸地上，

或是關於這個家。
嘰。
那是茶。
你可以喝，是草榨的汁。
……
嘰。
不會講話也沒辦法……
茶。
說說看。
嘰。
毛巾。
嘰。
……還有好長的路。

啊？
那個嗎？那是模型。
是昆蟲的……嗯……仿製品？
大哥負責畫設計圖。
製作模型則是我的工作。
完成以後就會給我錢。
是不是有點難懂？
是說你理解到什麼程度我也不知道。
你要是聽得懂就好了，不然我現在真像笨蛋。
嘰。
這個是對哪一段的回應啊!!
完全不懂呀～
保護過頭了吧……
明明喜歡花卻是夜行性……
設計出錯了吧。
小歌—
（喀啦）

那個，
你忙著帶小孩，實在很難跟你開口。
因為最近太忙亂了，忘記還有件工作。
嗯——……
兩百比一的模型對吧？
嗯——…？
三天後要交。
哎呀。
我才想說我們的大哥真是一點都沒老。
原來是從大腦開始老化呀，我懂了我懂了。
喀嚓
喀嚓
喀嚓
喀嚓
隨便你怎麼說。
這個。
沒有畫到氣門。
啊，隨便啦……知道怎麼做吧？
……也沒有觸角。
啊。
那幫我好好處理一下…
好，雌的就隨便用之前的來改就好，反正每隻都長得不一樣，也沒人會注意到啦。
工作態度真糟糕。
啊，喂!!
白鳥!!在我們家沒有吃免錢的事喔!!

大概寫一寫就好。
下週一交。
你還是不加入嗎？
田徑隊！
一般哪會現在才說這個。
有什麼關係，春天有比賽啊!!
可惜我沒有要加入。
太可惜了啦~
要是有你，我們的團體接力賽就能突破區域預賽了!!
目標也太低了，這也太對不起你兩年多來熱情的勸誘。
我可是比蟲還快。
……蟲？
沒有，沒事。

我必須得幫忙家裡工作，真的沒有時間了。
唉呀？你家自己做生意嗎？開店嗎？
不。
算是設計製造業……吧。
是喔～好像很厲害耶。
還好啦。
我走啦——
咚
拉緊
咚
好。
拉緊
啊。
哎呀。
哎呀呀呀。

哥！
嗯？
這個明天一定要交。
已經到了這種時候啦。
我想要從事跟昆蟲相關的工作。
想讀大學。
進路調査

我不知道大哥為什麼從事現在這份工作，我也沒問過啦。
我希望能照自己的方式準備考試。
我知道經濟負擔會有點重……但我一定能對現在的你幫得上點忙。
這樣啊。
好啊。
去試試。
我會加油的！

喀啷
唰啦
我回來了。
回來啦。
這個在特價。
吸鼻子
喔，運氣不錯——
這個也是。
有好好在做事嗎？這是？

咖哩。
還沒放……
對啦，咖哩塊要最後放。
你啊！不要滴到我的衣服喔!!
舔
等等，別動！
啊——可惡。
送他禮物卻害到自己。
哎——……掉了整身……
我的運動外套……
真是…一副沒事的臉！
至少要感到抱歉吧！

身高一樣，體重……
你的翅膀因為有軟骨會比較重。
要是沒有翅膀八成連體重都一樣，你穿得了我的衣服就可以省一筆錢。
結果還弄髒的話就沒有意義了啊。
一樣。
對啊，之前不是量過？大哥當時說想記下數字。
擦不掉——
的確。
一樣。

哇。
倒
「的確」……你居然會用那麼超齡的詞……
你會不會太誇張啦？
可是他居然說「的確」耶!?
哦——我想說怎麼那麼吵，原來是疼小孩的你回來啦。
吵屁啊！

咦？
你買眼鏡了!?
嗯。
討厭，像那樣坐在那看報紙好像晃哥喔。
最近遠近都看不太清楚嘛。
是立燈太暗了嗎？要不換個燈泡。
視力不好說是遺傳耶。
我的視力如果也變差怎麼辦。

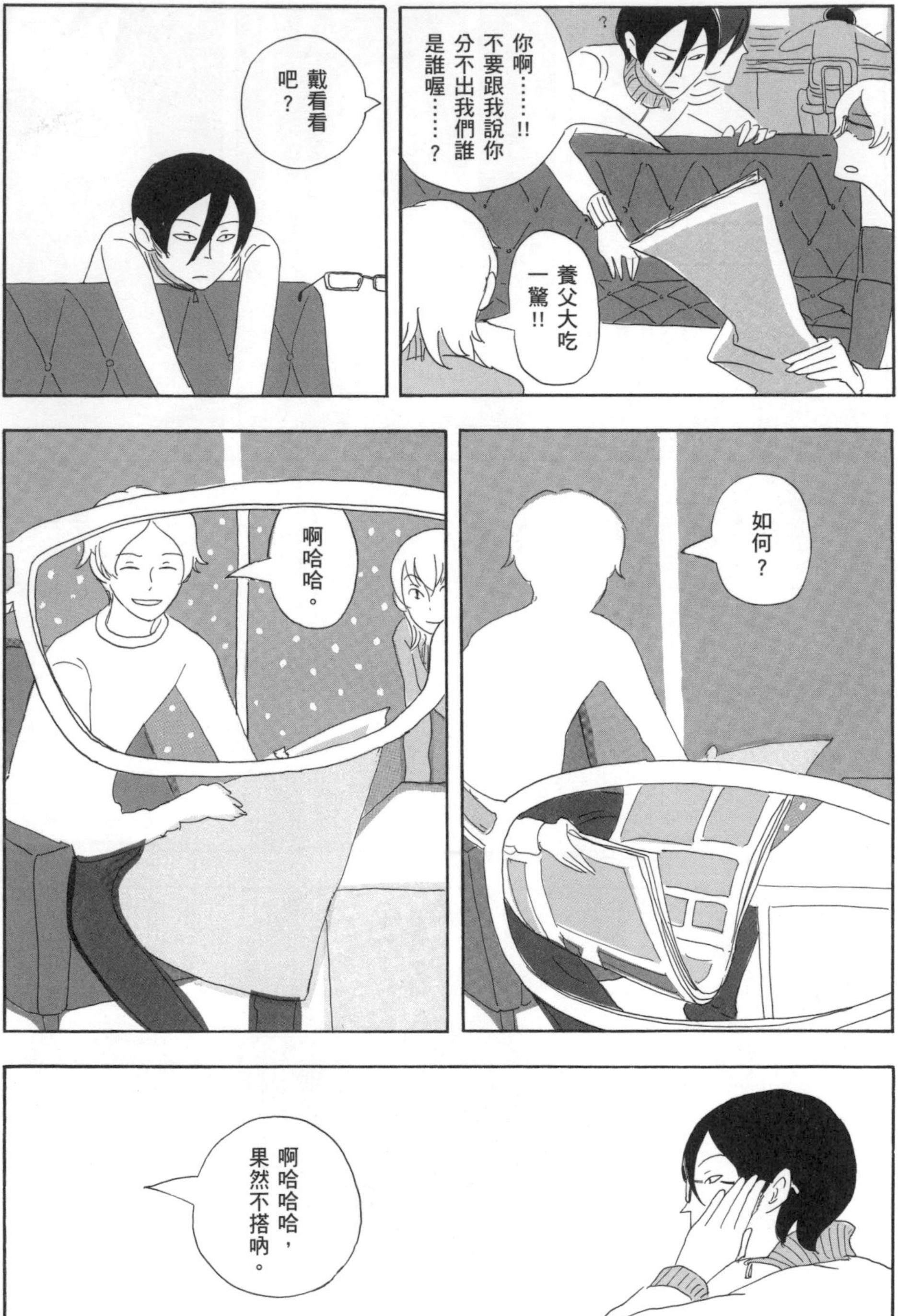
你啊……!!不要跟我說你分不出我們誰是誰喔……？
養父大吃一驚!!
戴看看吧？
如何？
啊哈哈。
啊哈哈哈，果然不搭吶。

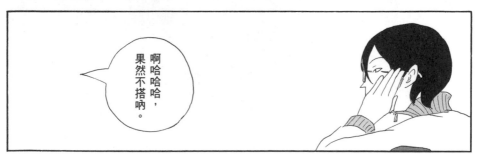

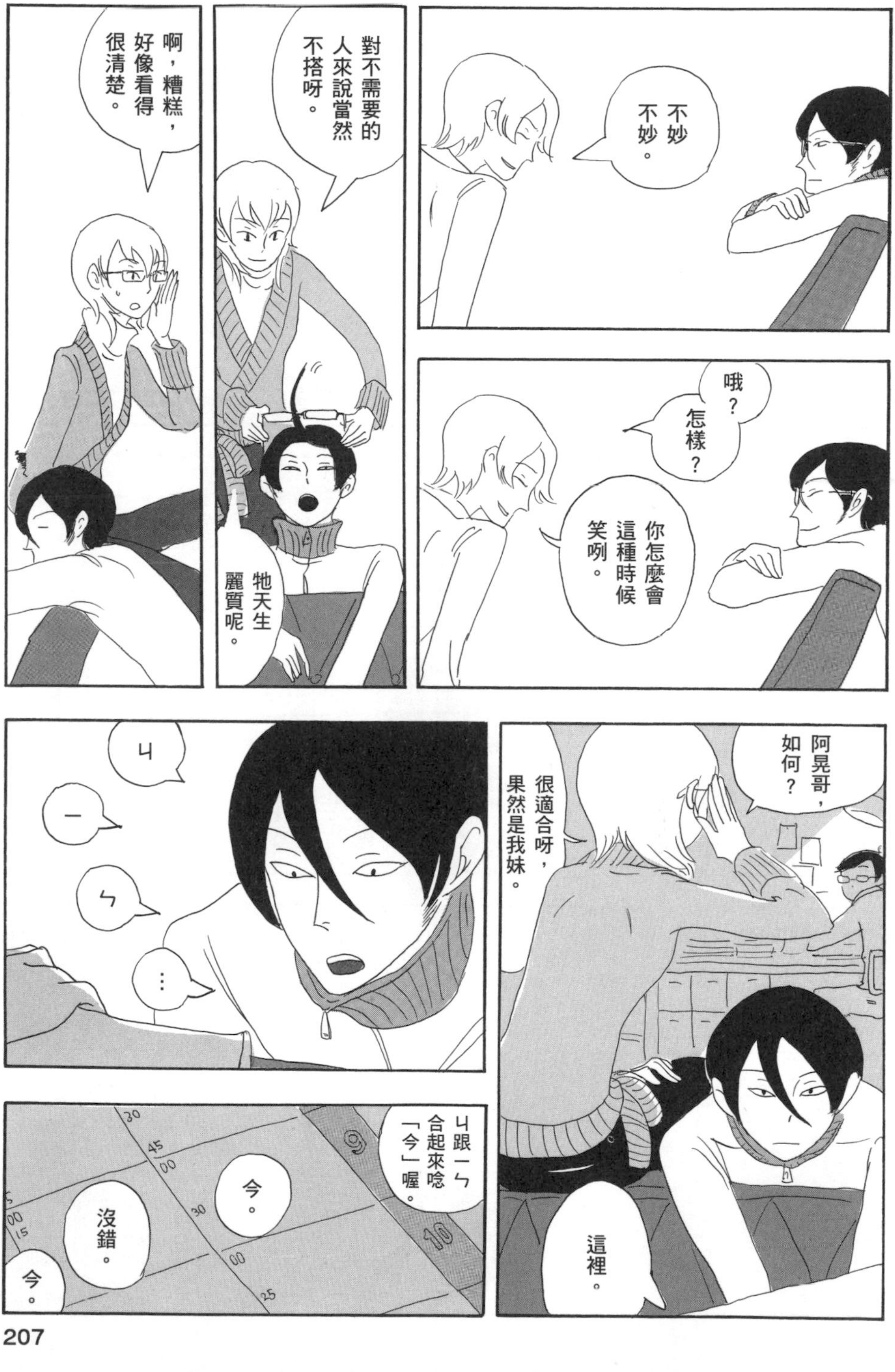
不妙
不妙。
哦？
怎樣？
你怎麼會這種時候笑咧。
對不需要的人來說當然不搭呀。
牠天生麗質呢。
啊，糟糕，好像看得很清楚。
阿晃哥，如何？
很適合呀，果然是我妹。
這裡。
ㄐ
一
ㄣ
…
ㄐ跟一ㄣ合起來唸「今」喔。
今。
沒錯。
今。

今天就不用除雪了。
這個家舊歸舊，可是從來沒被壓垮過喔。
就這麼決定了，來悠閒地喝茶吧。
我是說綠色的那種。
咚
啊。

ㄐ…
別再想ㄐ了……
先當老師也是種方法吧~那樣應該比較保險。
不過無論選哪個，成績都不夠。
草間在嗎！
有，我在~
你家打電話來，趕緊回電吧。
（啪搭搭搭搭搭）
バタン
ダッダッダッ

……回來。
哥。
你睡一下比較好，我來吧。
沒關係，妳明天回來再換妳。
真的嗎？

那先晚安囉，白鳥。
好好休息。
明天見。

會不會太亮？
要喝水嗎？
牠的時辰到了。
我本來以為牠至少會活到春天……但是牠剛從深海浮上來，消耗的體力都還沒復原就碰上這種冷天，
而且昆蟲部分的體細胞又沒辦法替換，因此無法復原。
當時…

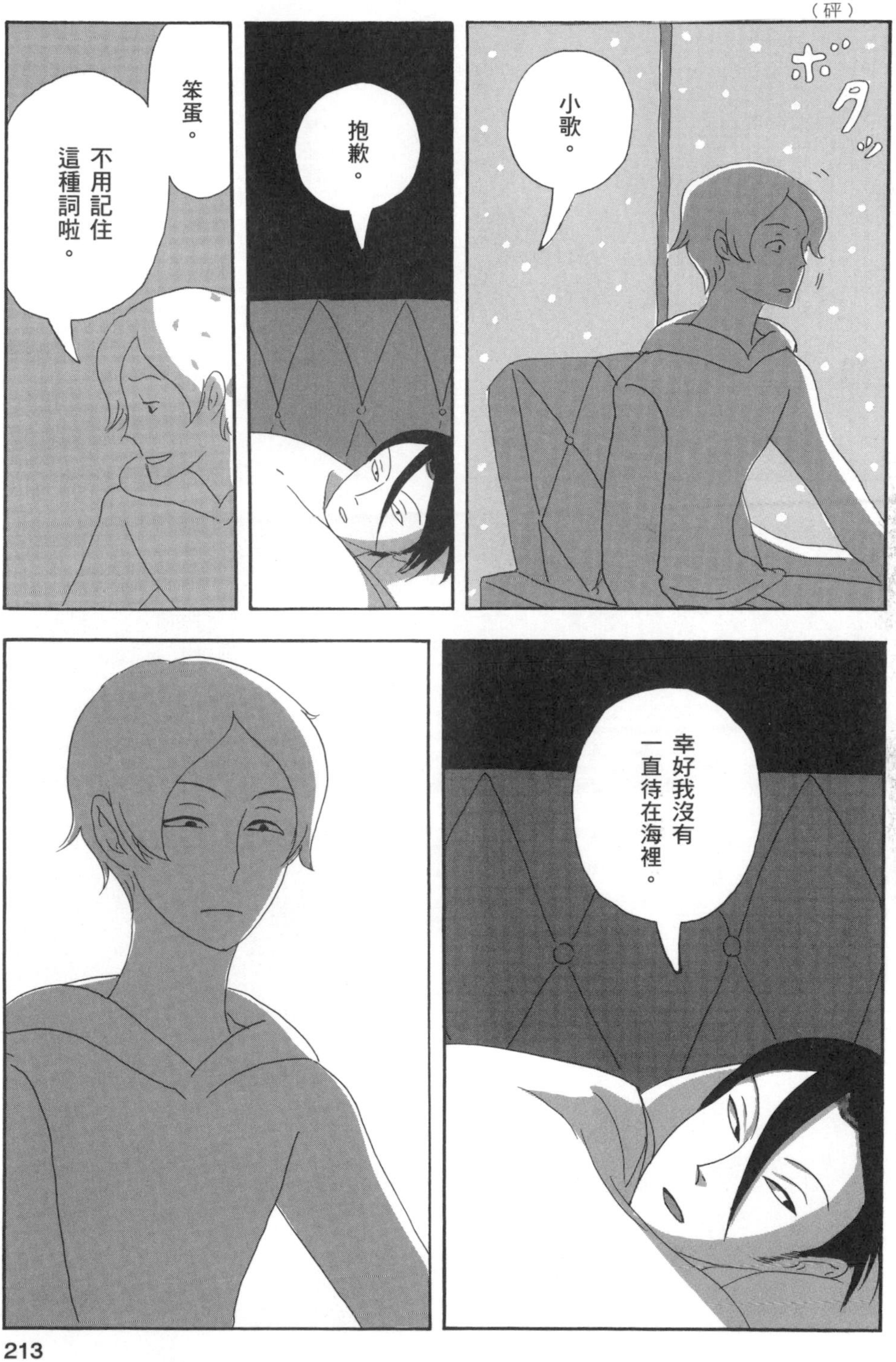

（砰）
ボタッ
小歌。
抱歉。
笨蛋。不用記住這種詞啦。
幸好我沒有一直待在海裡。

海裡怎麼樣？
海裡，
很暗。
很多細微的光，
一直在上升。
我一直盯著那個。
你來的那天我好像也看到那樣的景象。

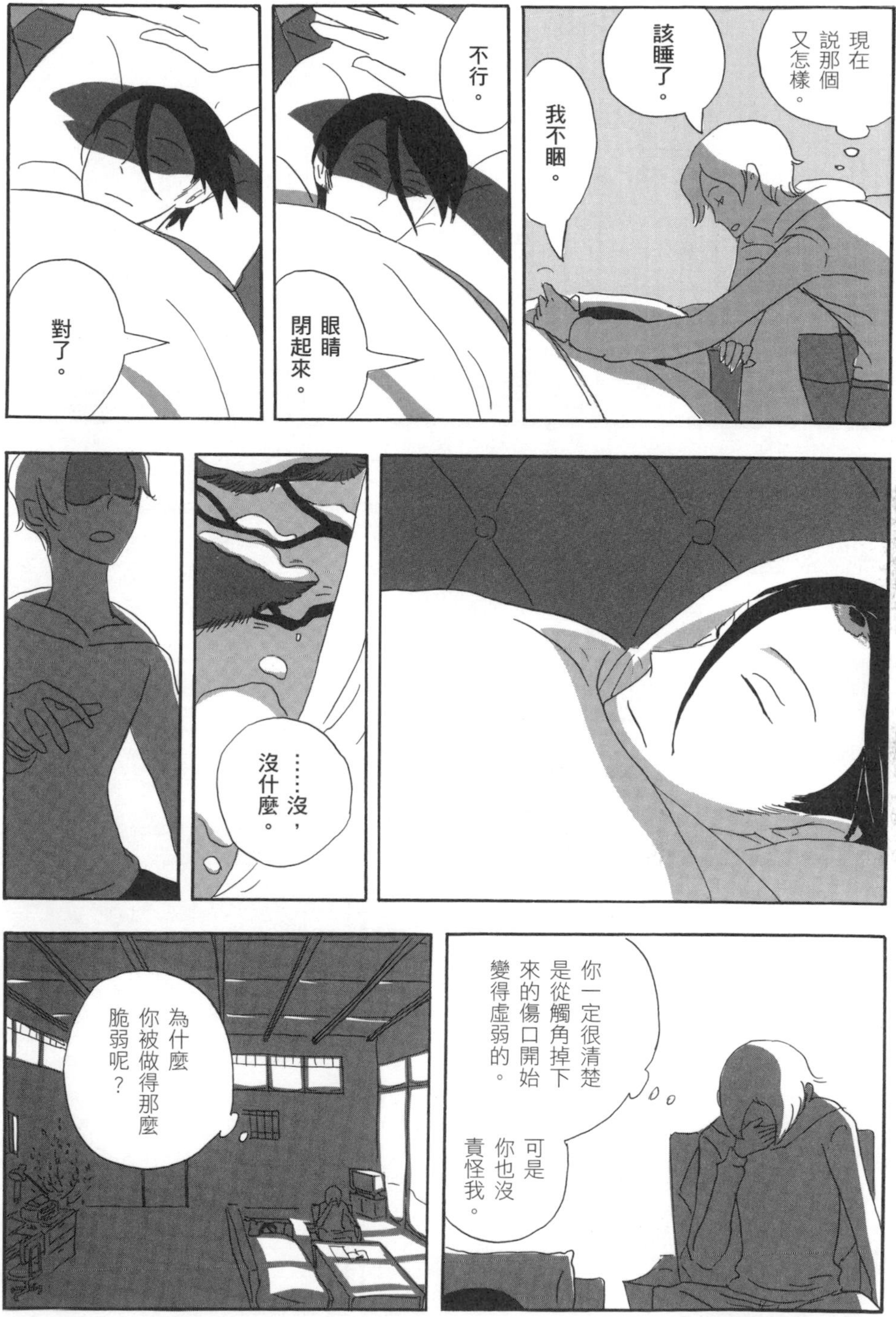
現在說那個又怎樣。
該睡了。
我不睏。
不行。
眼睛閉起來。
對了。
……沒，沒什麼。
你一定很清楚是從觸角掉下來的傷口開始變得虛弱的。
可是你也沒責怪我。
為什麼你被做得那麼脆弱呢？

喀啦 喀啦 喀啦
我…
是不是太早來了？
友小姐？
早安。
阿晃還沒醒吧？
…嗯。
也是。
我沒有跟他說今天會來。

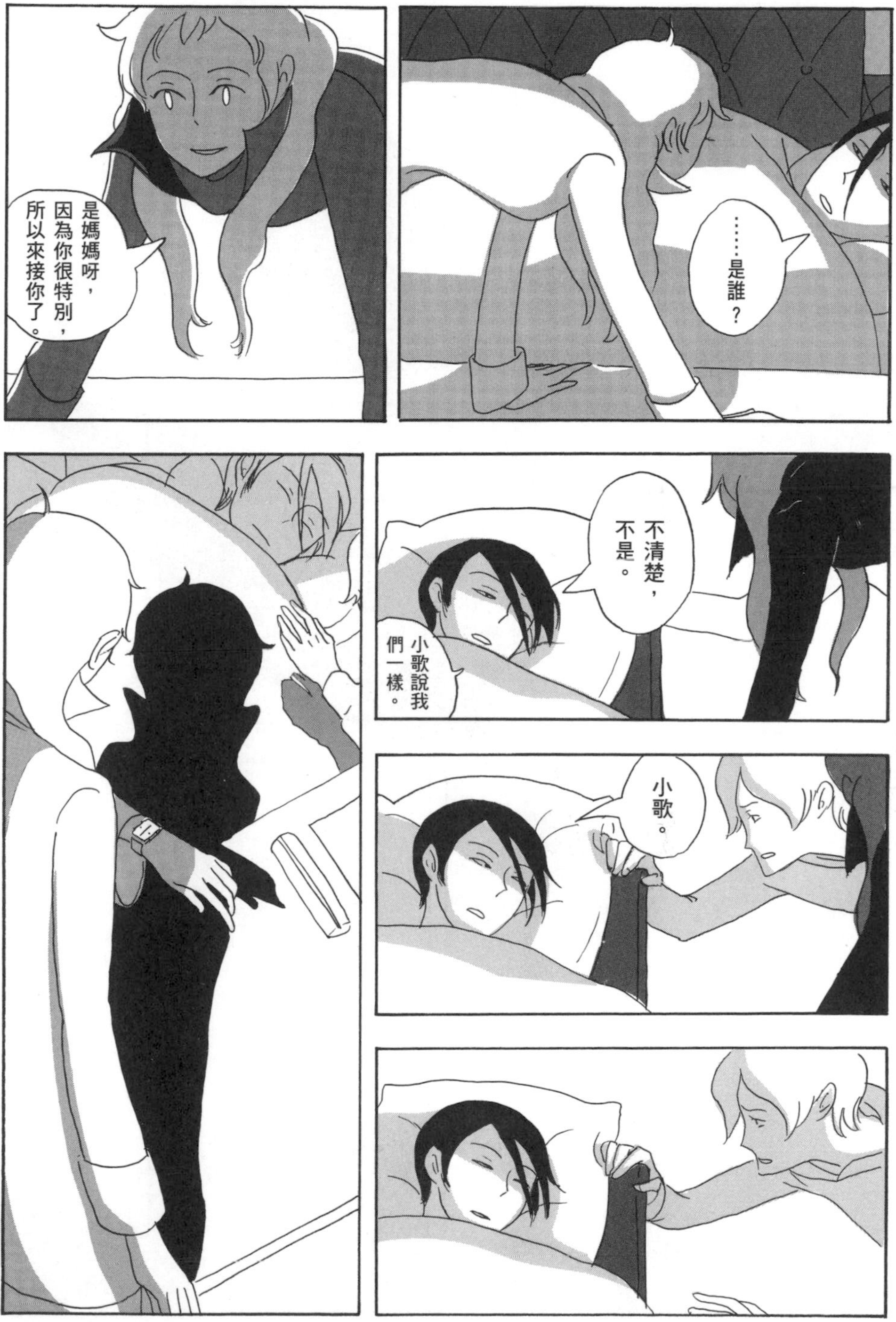
……是誰？
是媽媽呀，因為你很特別，所以來接你了。
不清楚，不是。
小歌說我們一樣。
小歌。

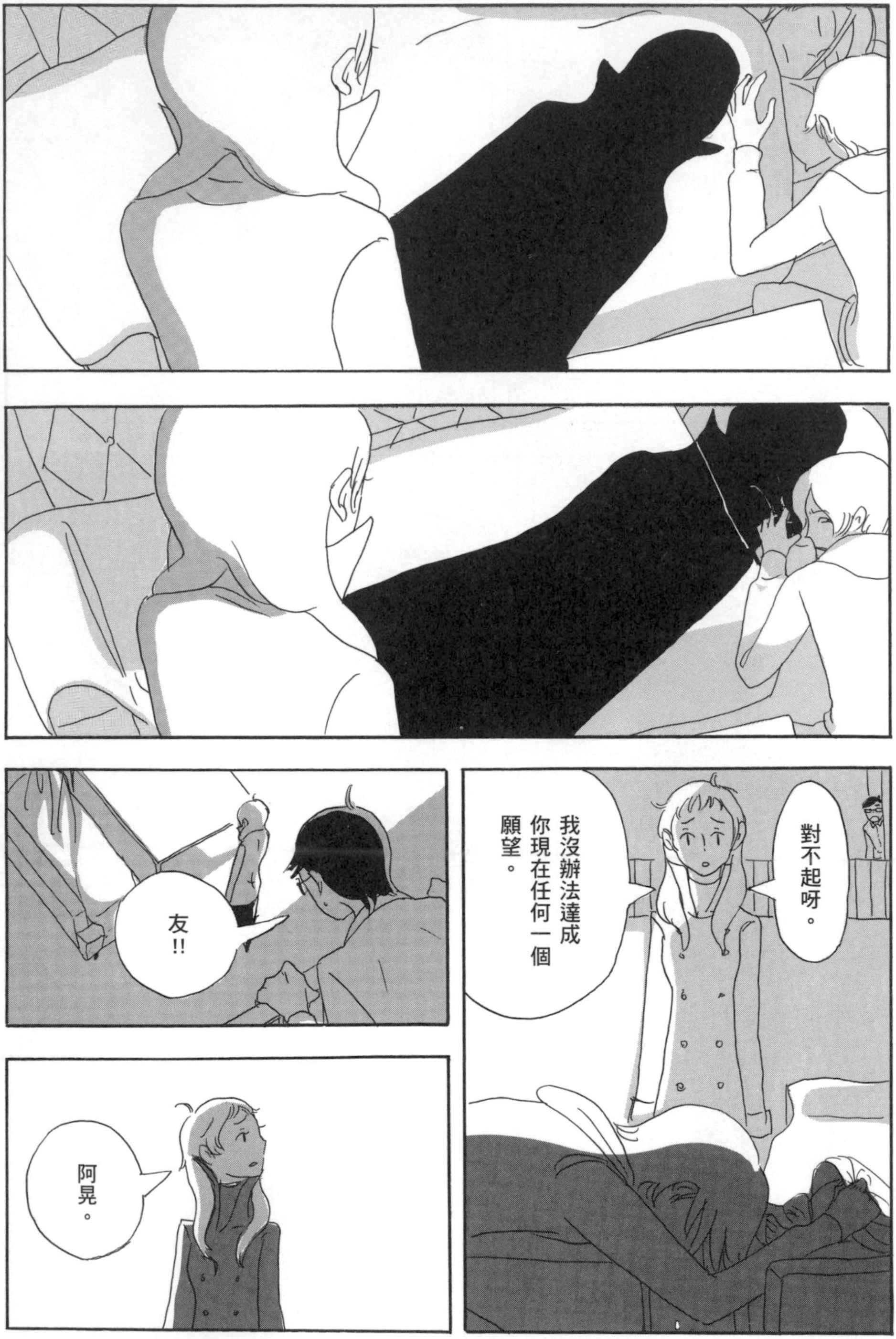
對不起呀。
我沒辦法達成你現在任何一個願望。
友!!
阿晃。

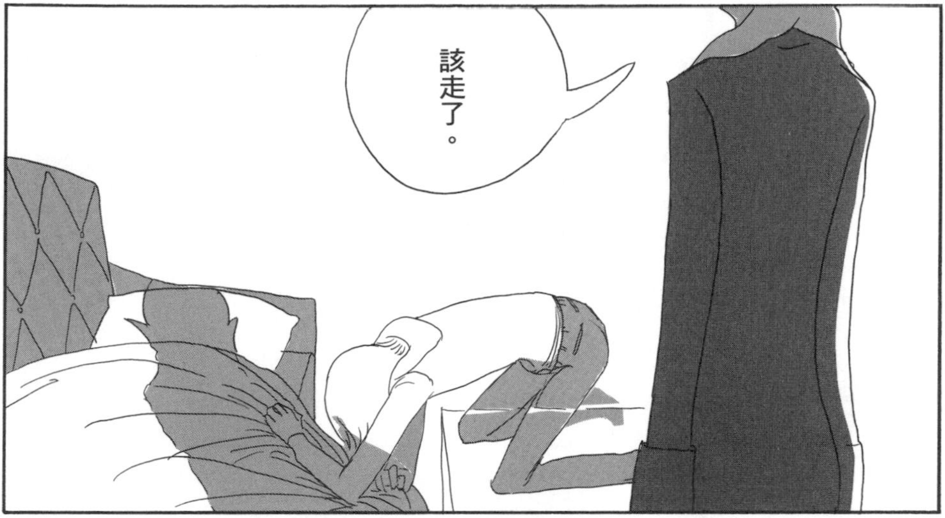
該走了。

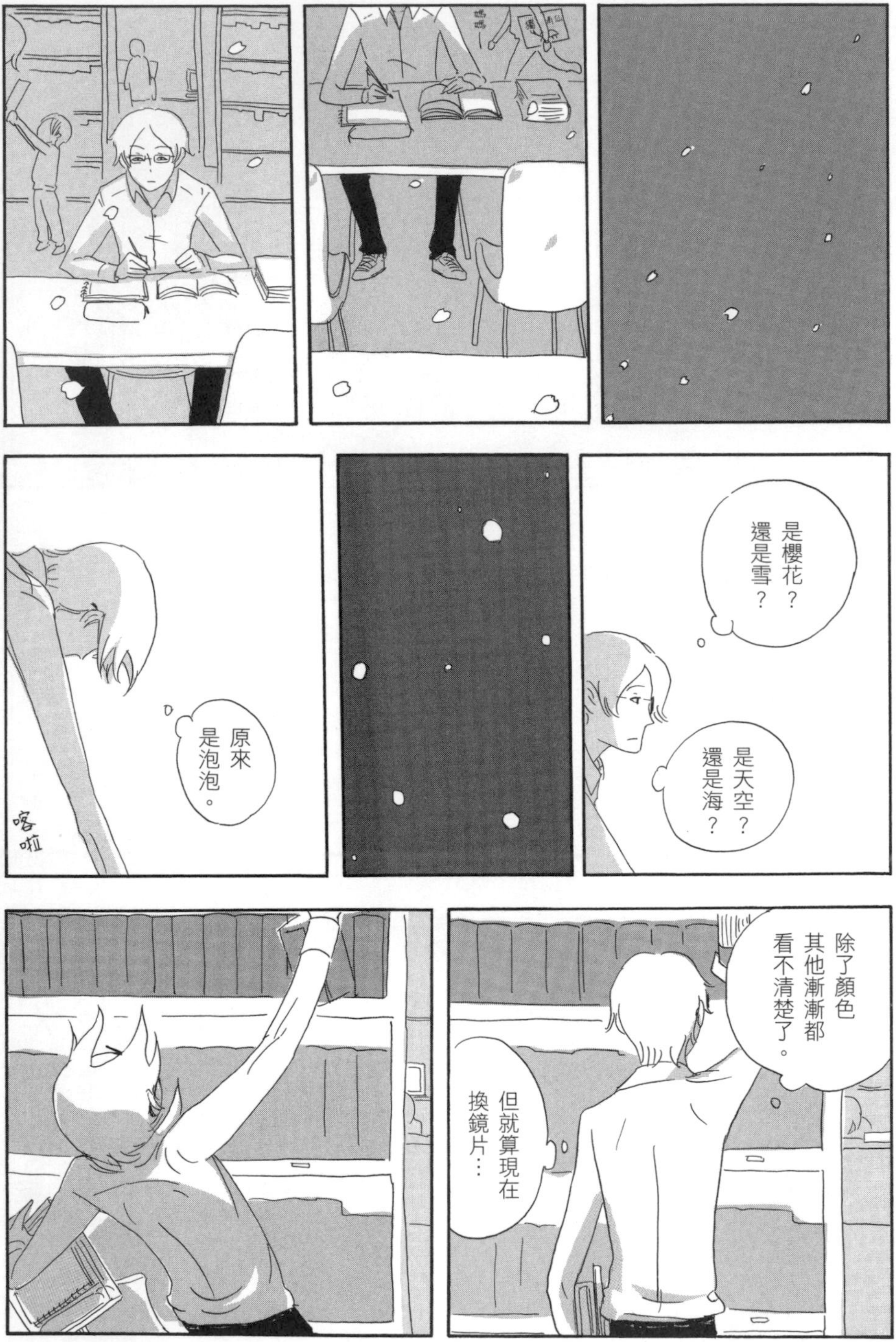
是櫻花？還是雪？
是天空？還是海？
原來是泡泡。
喀啦
除了顏色其他漸漸都看不清楚了。
但就算現在換鏡片…

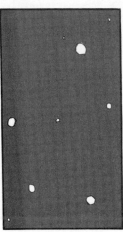

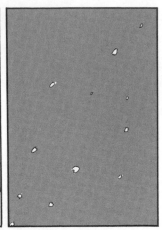

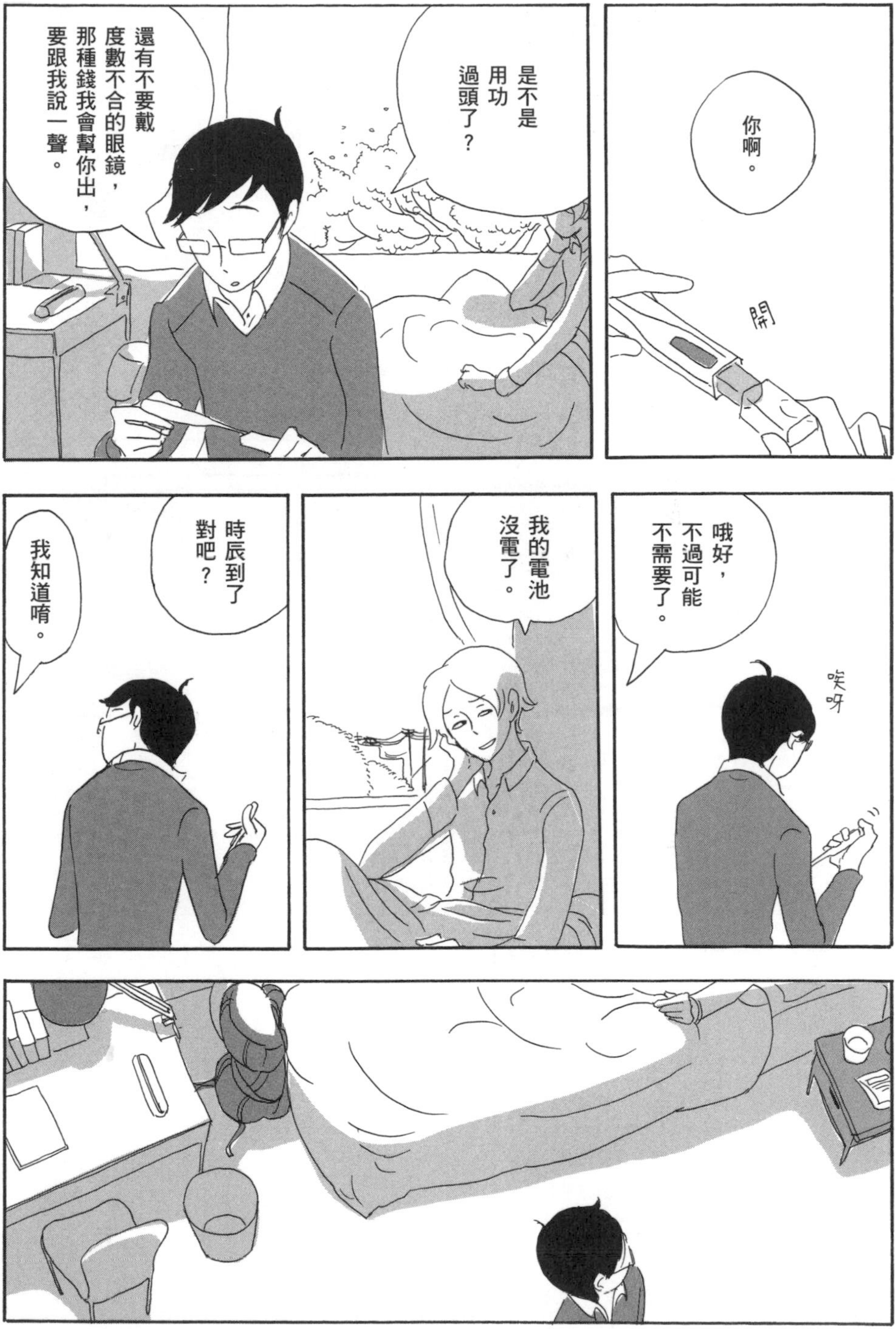
你啊。
開
是不是用功過頭了？
還有不要戴度數不合的眼鏡，那種錢我會幫你出，要跟我說一聲。
哦好，不過可能不需要了。
唉呀
我的電池沒電了。
時辰到了對吧？
我知道唷。

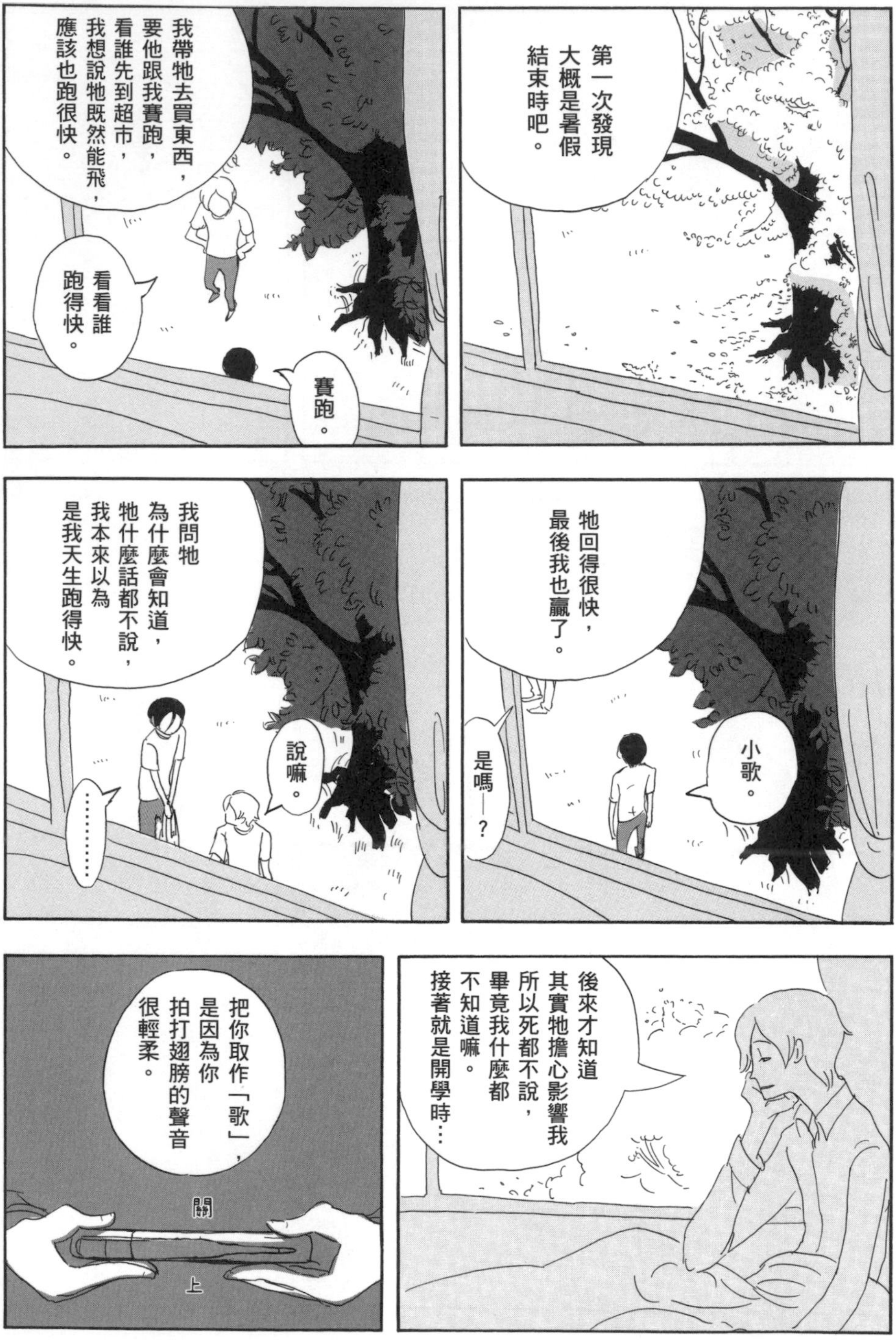
第一次發現大概是暑假結束時吧。
我帶牠去買東西，要他跟我賽跑，看誰先到超市，我想說牠既然能飛，應該也跑很快。
看看誰跑得快。
賽跑。
牠回得很快，最後我也贏了。
小歌。
是嗎—？
我問牠為什麼會知道，牠什麼話都不說，我本來以為是我天生跑得快。
說嘛。
……………
後來才知道其實牠擔心影響我所以死都不說，畢竟我什麼都不知道嘛。接著就是開學時…
把你取作「歌」，是因為你拍打翅膀的聲音很輕柔。
闔
上

光是那樣心裡
還覺得不太踏實，
所以保留了你
很強的腿力。
你本來是
一種蚱蜢。
新品種嗎？
嗯。
大哥想的嗎？
是呀。
小花呢？
小花是
螳螂，
花螳螂的
一種。
原來如此。

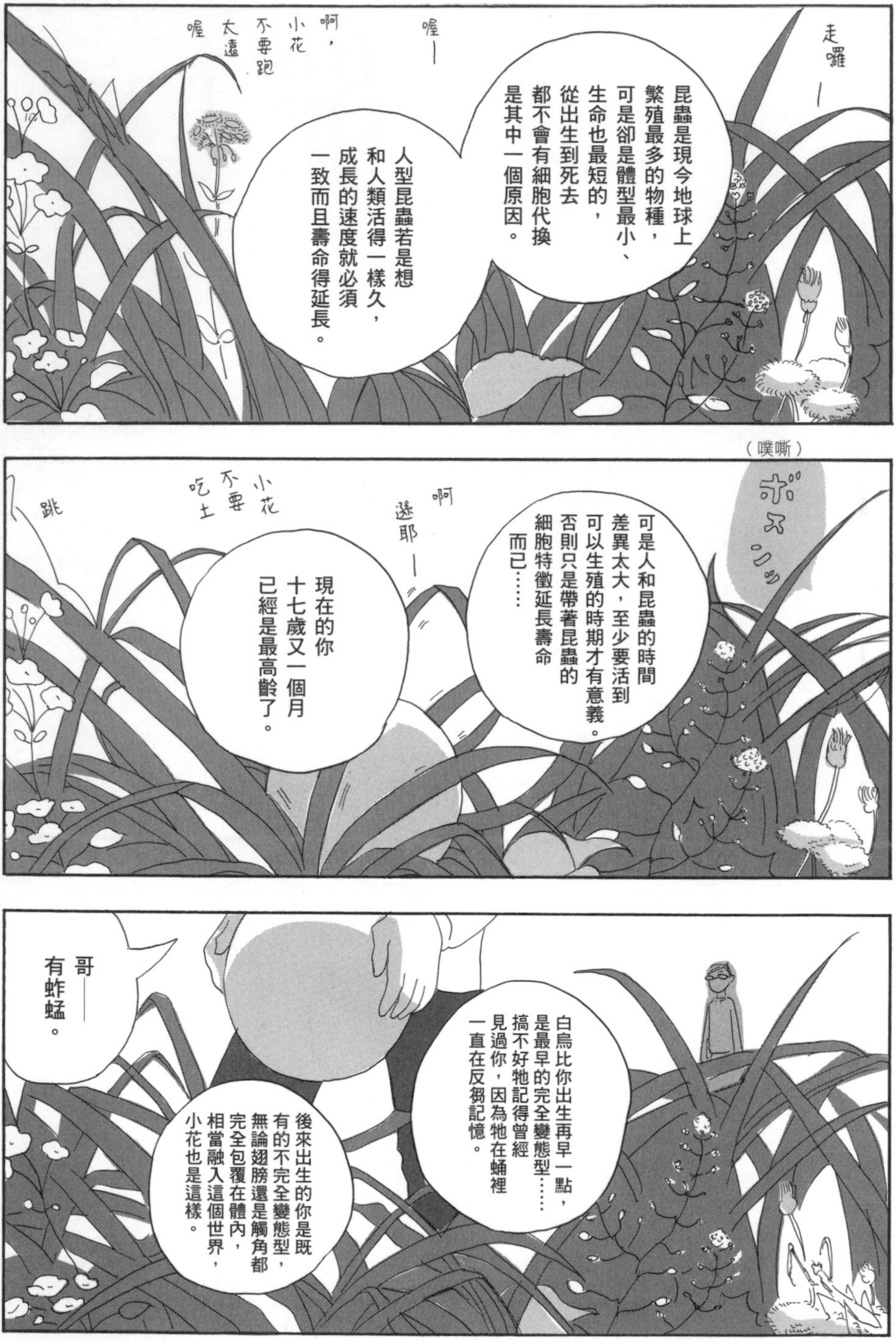
走囉ー
昆蟲是現今地球上繁殖最多的物種，可是卻是體型最小、生命也最短的，從出生到死去都不會有細胞代換是其中一個原因。
喔ー
啊，小花不要跑太遠喔
人型昆蟲若是想和人類活得一樣久，成長的速度就必須一致而且壽命得延長。
（噗嘶）
ボスンッ
可是人和昆蟲的時間差異太大，至少要活到可以生殖的時期才有意義。否則只是帶著昆蟲的細胞特徵延長壽命而已……
啊遜耶ー
小花不要吃土
現在的你十七歲又一個月已經是最高齡了。
跳
白烏比你出生再早一點，是最早的完全變態型……搞不好牠記得曾經見過你，因為牠在蛹裡一直在反芻記憶。
後來出生的你是既有的不完全變態型，無論翅膀還是觸角都完全包覆在體內，相當融入這個世界，小花也是這樣。
哥——有蚱蜢。

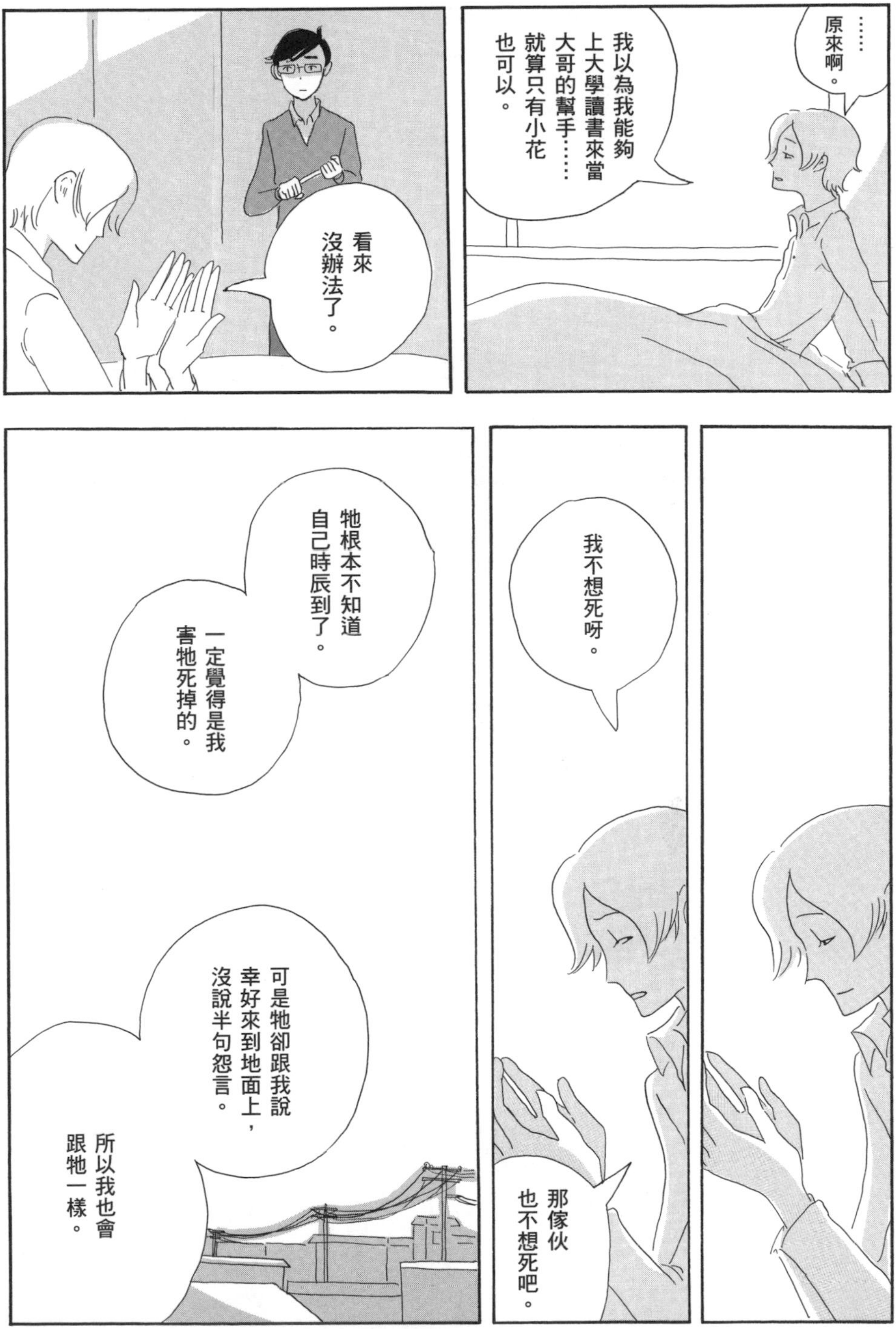
……原來啊。
我以為我能夠上大學讀書來當大哥的幫手……就算只有小花也可以。
看來沒辦法了。
我不想死呀。
那傢伙也不想死吧。
牠根本不知道自己時辰到了。
一定覺得是我害牠死掉的。
可是牠卻跟我說幸好來到地面上，沒說半句怨言。
所以我也會跟牠一樣。

我遺憾的是沒有跟牠說我們是真正的家人。
我應該要跟牠說你們是同伴才對……
我並不是想模仿親鳥照顧牠。
牠一定有感受到。
……我希望能讓牠看到春天。
有多到吃不完的花。

還想跟牠說更多話。
更多。
……
小花會很辛苦噢。
她不會像我們那麼成熟地看待一切，要有所準備啊，大哥。

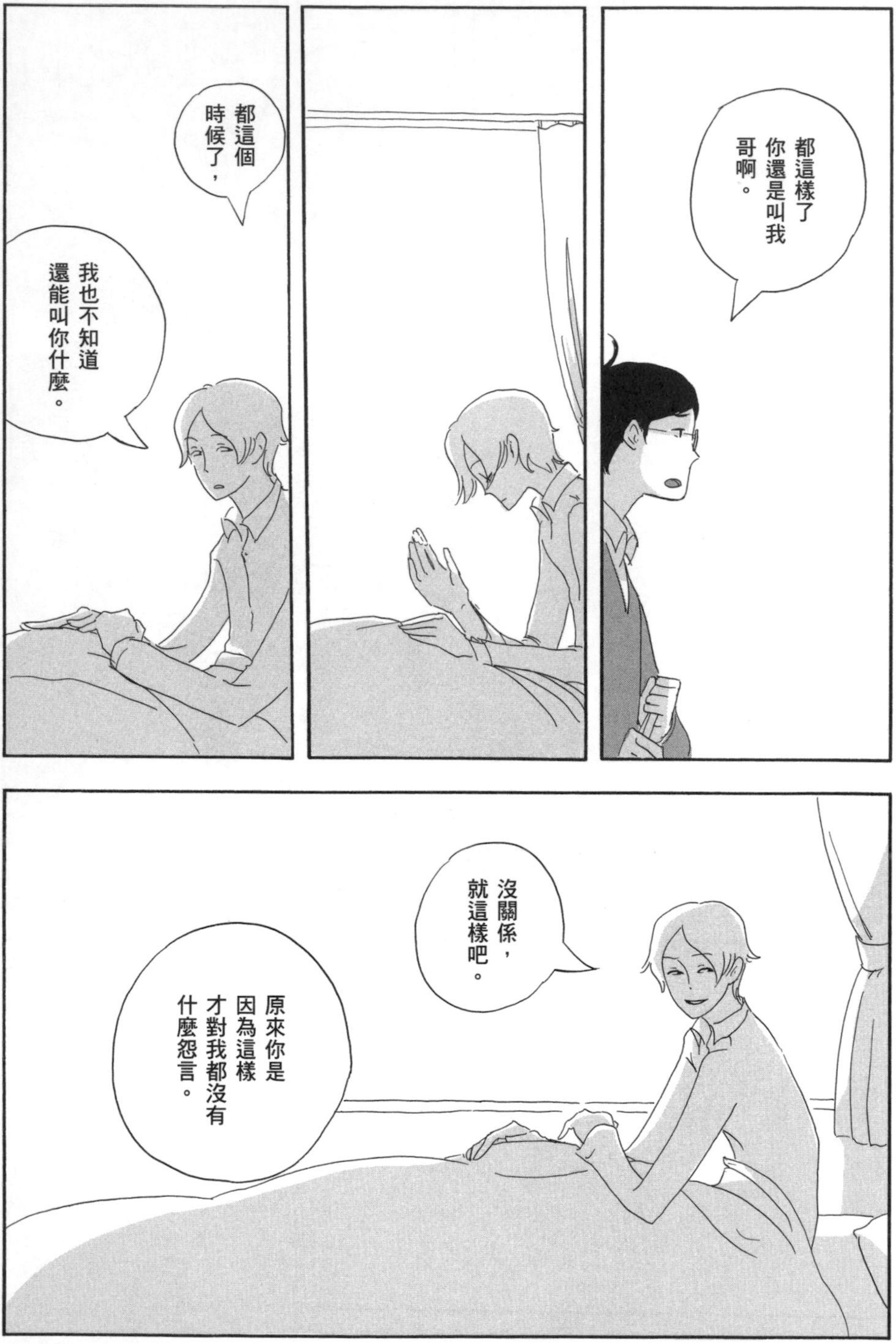
都這樣了你還是叫我哥啊。
都這個時候了，
我也不知道還能叫你什麼。
沒關係，就這樣吧。
原來你是因為這樣才對我都沒有什麼怨言。

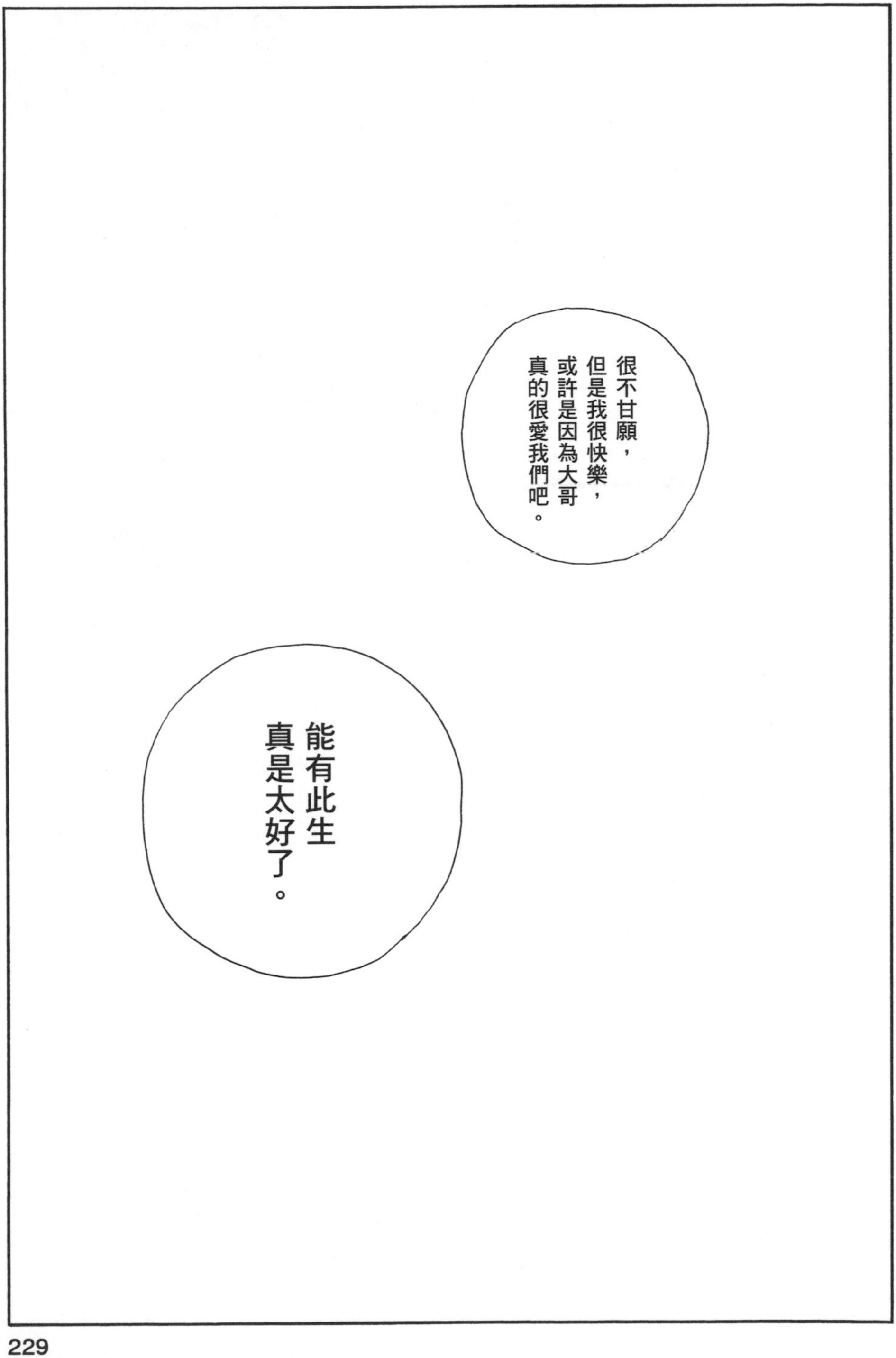
很不甘願，但是我很快樂，或許是因為大哥真的很愛我們吧。
能有此生真是太好了。

甲乙共同
與之相似，第18期昆
觀察就此結束
咚
喀漆
喀漆
喀漆
喀漆
喀漆
喀漆
喀漆

啪沙
啪沙
嗶
（撞）
嗶
ビタッ
好痛痛痛痛痛
嗶
你啊!!
嗶嗶嗶嗶嗶
嗶嗶嗶
總算回來了……

鈴鈴鈴鈴鈴鈴鈴
鈴鈴鈴鈴鈴鈴鈴鈴鈴

鈴鈴……
鈴鈴
鈴鈴鈴鈴鈴……
鈴鈴鈴鈴鈴鈴鈴鈴
是不是，
鈴……
鈴鈴鈴鈴鈴……
鈴鈴鈴鈴鈴鈴鈴，
該停止了。
或許對妳來說只不過是另一種昆蟲實驗，可是我已經失去了十八個弟弟、十二個妹妹、十八個兒子還有十二個女兒。
鈴鈴
鈴鈴鈴鈴鈴……
鈴鈴鈴鈴鈴鈴鈴鈴……
看吧。
溫柔的孩子什麼都不說，激動的孩子會發狂，放聲大哭然後斷氣。
鈴鈴鈴鈴鈴……
鈴鈴鈴鈴鈴鈴
我只能看著這一些，說不出任何話，只為了那崇高又偉大的目的，十八次……十二次……

〔蟲與歌〕　終

祕密
老師～
這個星象儀壞了嗎？我可以打開看看嗎？
不行。
啊——
只剩咖啡、啤酒跟醬油。
我都不能喝。
去買一下好了。
妳要什麼？
牛奶！
我要加在咖啡裡。
砰
喀嚓
裡頭一定有老師的祕密。
GLOBAL

〔秘密〕 終

© 2009 Haruko Ichikawa All rights reserved.
First published in Japan in 2009 by Kodansha Ltd., Tokyo.
Publication rights for this traditional Chinese edition arranged through Kodansha Ltd., Tokyo.

ISBN 978-626-315-086-7
版權所有・翻印必究
售價：320元

本書如有缺頁、破損、倒裝，請寄回更換

PaperFilm 視覺文學 FC2069

蟲與歌　市川春子作品集
2022年3月　一版一刷　2023年10月　一版三刷

作　　者／市川春子
譯　　者／謝仲庭
責任編輯／謝至平
行銷業務／陳彩玉、楊凱雯、陳紫晴、葉晉源
中文版裝幀設計／馮議徹
排　　版／傅婉琪

發 行 人／凃玉雲
總 經 理／陳逸瑛
編輯總監／劉麗真
出　　版／臉譜出版
城邦文化事業股份有限公司
台北市民生東路二段141號5樓
電話：886-2-25007696　傳真：886-2-25001952

發　　行／英屬蓋曼群島商家庭傳媒股份有限公司城邦分公司
台北市中山區民生東路二段141號11樓
客服專線：02-25007718；25007719
24小時傳真專線：02-25001990；25001991
服務時間：週一至週五上午09:30-12:00；下午13:30-17:00
劃撥帳號：19863813　戶名：書虫股份有限公司
讀者服務信箱：service@readingclub.com.tw
城邦網址：http://www.cite.com.tw
香港發行所／城邦（香港）出版集團有限公司
香港灣仔駱克道193號東超商業中心1樓
電話：852-25086231　傳真：852-25789337
馬新發行所／城邦（新、馬）出版集團
Cite（M）Sdn. Bhd.（458372U）
41-3, Jalan Radin Anum, Bandar Baru Sri Petaling,
57000 Kuala Lumpur, Malaysia.
電話：603-90563833　傳真：603-90576622
電子信箱：services@cite.my

作者／市川春子

以投稿作〈蟲與歌〉（虫と歌）榮獲Afternoon　2006年夏天四季大賞後，以〈星之戀人〉（星の戀人）出道。首部作品集《蟲與歌 市川春子作品集》獲得第十四屆手塚治虫文化賞新生賞，第二部作品《二十五點的休假　市川春子作品集2》（25時のバカンス 市川春子作品集 2）獲得漫畫大賞2012第五名。自2012年底開始連載長篇作品《寶石之國》，於2017年改編動畫後引起廣大迴響。

譯者／謝仲庭

音樂工作者、吉他教師、翻譯。熱愛音樂、書本、堆砌文字及轉化語言。譯有《寶石之國》、《Designs》、《悠悠哉哉》、《寺島町奇譚》、《攻殼機動隊1.5》等。